冯玉奇·通俗小说
FENGYUQI
TONGSUXIAOSHUO

LUANSHI
FENGBO

乱世风波

冯玉奇 /著

中国文史出版社

目　录

第一回

小别又重逢情味更浓

虽然是已经交秋的季节了，但天气仍旧相当的火热，白天里太阳光的淫威，不减于仲夏时候的猛烈。人们不论是行走或是工作之间，都会流着盈盈的汗水，尤其是一班漂亮的太太小姐们，还是袒胸裸背地把她们雪白的肌肤显露在外面，包含了诱惑性的成分，这在一班爱色的青年们眼睛里看起来，至少是会引起了一些想入非非的感念。

皇宫舞厅里虽然还没有冷气的设备，但四周的电风扇，是不停地舞动着。兼之在暗蓝色的灯光下面，置身其中，也会有一种阴凉的感觉。这时舞厅里坐满了男男女女的青年，有的促膝谈心，有的婆娑欢舞，各人脸上无不满面春风，笑容可掬，好像不知道世界上有什么忧

1

愁和痛苦的样子。

楚常明穿了一套淡湖色凡立丁的西服，由经理室慢步地踱进舞厅内来。他看到了这么好的营业，心里万分的得意，嘴角旁老是挂了笑意，在舞厅四周团团地踱了一个圈子。正在这时，忽然一个座桌旁的沙发椅子上站起一位花信年华的太太。她很快地赶上去，伸手在常明肩胛上轻轻地一拍，掀动着两片红红的嘴唇，叫道：

"小楚，你近来可得意啦?"

"哦！我道是谁？原来是徐太太。好久不见了，今夜怎么有空来玩呀？一个人吗?"

常明回头望去，原来是社会闻人徐大魁的姨太太方曼静，这就含了笑容，连忙向她招呼着说。曼静逗了他一瞥哀怨的目光，一面拉了他在座桌旁坐下，一面鼓着粉腮子，显出娇嗔的意态，说道：

"我当然只有一个人啦！谁像你娶了新太太，进进出出，总是挽手同行呢!"

"嘻嘻！徐太太，你这话说得不大对了，你和徐大魁不也时常挽手同行的吗？老实说吧，我是因为你不常来玩了，所以我只好另娶一个太太来安慰安慰了。否则，我若常能和你相会的话，谁高兴结婚呀！所以你不用怨恨我，这原是你丢了我，并不是我忘了你呀!"

曼静的表情，和她说话的语气，显然是包含了醋意的成分，常明听了，这就不得不向她解释了几句，来表白他所以要结婚的苦心。一面取出烟卷，递给曼静，并且亲自给她划了火柴。曼静吸了一口烟卷，微蹙了细长的眉毛儿，轻轻地叹了一口气，说道：

　　"我也并不是忘了你，我心里实在也有不得已的苦衷啊！"

　　"你有什么苦衷呢？"

　　"唉！断命这老甲鱼不放我出来，而且还带了我一同又到宋庄去避暑，这两个月的日子，我天天伴着死人一步也不能离开，仿佛在狱中吃官司一样的苦闷。你想，我心中又何尝不痛苦呢？所以你也应该原谅我才好。"

　　曼静说完了这几句话，把手儿伸过去，紧紧地握住了常明的手，大有怨恨得眼泪汪汪的神气。常明被她手儿热情地一握，全身顿时感到异样的变化起来，情不自禁地把身子靠近了她，低低地笑问道：

　　"那么你今天怎样可以一个人出来玩呀？难道这个老甲鱼倒肯放你一个人来舞厅玩吗？"

　　"香港来了电报，嘱他动身前去，老甲鱼今天早晨动身走了，所以我才能自由哩！谁知我到这儿一打听你的消息，原来你已结了婚。唉！我的希望，我的幸福，不是一切都完了吗？"

常明听她说到这里，秋波水盈盈地逗过来一瞥哀怨的媚眼，她这会子在眼角旁真的涌现了一颗晶莹莹的热泪来。常明倒是愕住了一会儿，遂只好含了笑容，安慰她说道：

"徐太太，不要伤心，我虽然已经是结了婚，但我们之间仍旧是好朋友，假使有机会的话，我们不是依然可以……嘻嘻！明人不必细说，难道我会不喜欢和你一同去……哈哈！你说是吗？"

常明的表情，十足显出了油腔滑调，他一面说，一面伸手在徐太太的胸部有了一个轻浮的举动，而且还哈哈地大笑起来。曼静听了，粉脸儿浮现了一层红晕，虽有娇嗔的意思，但却眉开眼笑十二分甜蜜地白了他一眼，把娇躯偎在他的身上，故作撒娇的意态，低声地说道：

"你已经有了太太，你的环境和从前就不同了，我说我们一同寻欢的机会恐怕是很少的了。假使你在外面宿了夜，那你的太太不是要跟你大起交涉了吗？"

"我太太是很贤德的，她绝对不会管束我的行动，所以对于这一点，你倒是不用担心的。"

"真的吗？我还没有向你问清楚哩！你那位太太是谁家的姑娘呀？"

"就是济民医院齐国良医师的大小姐。"

"你们是自由恋爱，还是人家做媒的？"

"半新半旧，我们的结合，也可说自由恋爱，但也可说是媒妁之言。"

常明笑嘻嘻地说，故意说得这样的滑络。曼静知道他们一定是自由恋爱的，心里不免有些酸溜溜的难过，遂又低低地探问道：

"这位齐小姐今年青春多少了？"

"二十五岁，比你大三岁。"

"我以为你娶一个十七八岁的大小姐呢！原来也有二十五岁了，那么和我也就相差无几了。并非我在搬弄是非，像你这么俊美的青年，就应该讨一个含苞待放的小姑娘才对，否则，我代你可惜。"

曼静口里虽然声明着不是搬弄是非，但心中实在是存了一份妒忌的恶意，遂怪俏皮地说。常明暗想：梅邨虽然二十五岁了，不过她到底是个处女，况且她的容貌可生得美丽呢！但他口里却也表示不很喜欢的神气说道：

"可不是？当初我也不大赞成这头婚姻，但父母既

5

然做主给我定亲，那叫我也没有办法呀！"

"你这话可说得不对了，你说一半是自由恋爱的，既然是自由恋爱，那你当然也欢喜的了。"

"这……这……因为他们给我们预先介绍认识了，所以我们两人曾经先走动着交起朋友来了。"

常明倒被她问得愣住了，连说了两个"这"字，支支吾吾地方才鬼话连篇地圆着谎回答。曼静笑了一笑，秋波乜斜了他一眼，说道：

"那么这位齐大小姐的迷汤功夫一定很不错，所以把你灌得浑淘淘起来了，你说我猜得是不是？"

"迷汤功夫哪里及得来你？"

曼静见他嬉皮笑脸地回答，一时恨恨地伸手过去在他大腿上拧了一把，嗯了一声，发嗲地说道：

"我是最最笨蠢的老实人，如何会用什么迷汤呢？假使我真的有迷汤功夫来迷住你的话，你也不会另外再去娶新太太了。"

"你这话也太以自私了，我喜欢坦白地说，你这个女人我虽然把你爱到一百二十分，但你也不能永远地陪伴着我，等老甲鱼一到来，我马上就做陌路人了。老甲鱼一天不离开杭州，我就一天不能和你见面。上次你整整地两个月不来找我，我就整整寂寞了两个月。在这苦闷的情况之下，你想，我就是个木头做的人吧，我也过不下这种孤独的生活呀！所以我的结婚，也就是解决我性的痛苦，你说是不是呢？"

常明这些话听到曼静的耳朵里，一时倒忍不住横眸一笑，赧赧然地红了粉脸儿，神秘地说道：

"那么你简直是夜夜少不了女人的了？"

"这我并不否认，就是你们女人吧，又何尝少得了男人呢？假使你能过得惯孤独生活的话，那么老甲鱼到香港去，你又何必马上地到舞厅里来找我呢？可见男女之间彼此都是一样，需要性的安慰。"

曼静被他直说到心眼儿上去，一时连耳根子都红了，只好啐了他一口，也不禁为之嫣然地笑起来。常明见她那种羞人答答的意态，颇能引起自己心头中的青春之火，这就情不自禁地站起身子来，说道：

"徐太太，我们空话少说，还是去跳一次舞吧！"

曼静当然没有拒绝他的要求，遂很快地跟着站起身子，笑盈盈地和他一同步入舞池里去了。两人在舞池里紧搂着腰肢，婆娑地欢舞。常明手儿按着的地方颇觉柔若无骨，遂微笑着说道：

"徐太太，你好像胖得多了。"

"何以见得呢？我坐监牢似的坐了两个多月的日子，

心里郁郁闷闷的，只会瘦，哪里还会发胖？你又在瞎说了。"

"真的，我从前和你跳舞的时候，觉得你腰间还摸得出些骨头，但今天我却觉得全是肉呢，软绵绵的，真可说是柔若无骨。我想那个老甲鱼一天到晚吃补品，所以也灌到你的身上来了。"

常明起初还一本正经地说，但说到后面，却又油腔滑调起来。而且他的手，从她肋下直摸到她的胸部上去了。曼静骂了一声短命鬼！烂舌头的！但她却并没有阻止常明的轻薄举止，反而把身子侧转一些，把他手大大方方地覆到自己乳房上去，小嘴儿去吻他的面颊，低低笑道：

"色鬼！你现在可满足了吗?"

"还觉得不够满足。"

"那……只好等离开舞厅的时候，我再给你一个痛快的满足吧!"

曼静水汪汪的眼睛，眯成一条线似的，斜睨着常明，笑盈盈地说。常明点点头，正欲有一个大胆的动作，忽然音乐停止，两人也只好回到座桌旁来了。常明一面吸着烟卷，一面望着她玫瑰花般的娇靥，呆呆地出神，而且还微微地笑着。曼静不好意思地问道：

"你为什么瞧着我出神呢?"

"我正想呢!"

"你想什么?"

"我想你这两个月的日子里,和老甲鱼一定很恩爱吧?"

"恩爱?别提了,别提了,提起来了,我心中就生气。"

"啊!那是干吗?"

"哼!我告诉你,我是一朵花,他是一块冰,我只觉得冷清清的残酷,怎么还说得上恩爱两个字?"

曼静蹙了眉尖,无限怨恨地冷笑了一声,好像有说不出痛苦的样子,愤愤地回答。常明忍不住笑道:

"我不相信,这个老甲鱼难道是死人不成?见了像花朵儿般的美人,难道只是看看而已,竟不会享受吗?"

"你不听我把他当作一块冰看待吗?说句老实话,他这块冰就是融化了,也不够我的劲。"

常明听她这么说,忍不住哈哈地笑起来了。曼静被他一笑,自然羞涩万分,秋波恨恨地白了他一眼,说道:

"我跟你说老实话,你还笑我!"

"那么我给你介绍一个印度阿三,你总觉得够劲了吧？"

曼静这就益发娇羞万状地啐了他一口，伸手在他大腿上死劲地拧了下去，撒娇地不依着说道：

"你这死坏！说得这么下作，你把我当作什么人儿看待呢？"

"哦！哦！下次不敢，下次不敢，你就饶了我吧！"

常明一面嘻嘻地笑，一面只好连声地告饶。曼静虽然放了手，但她绷住了粉脸，却表示生气的样子。常明偎过身子去，低低地说道：

"说句笑话，你何必认真呢？"

"你也不该这么地看轻我，我虽然是人家的姨太太，但到底还有我姨太太的身份，你把印度阿三来取笑我，难道我就下贱到这一份地步吗？"

"我不是向你赔错了吗？你就别生气了。"

常明小心地说着，他的嘴儿差不多要吻到曼静颊上去了。曼静方才嫣然地一笑，秋波逗了他一个娇嗔，说道：

"我不要你来向我赔小心，我只要你来给我一些安慰。"

"徐太太，你把那个老甲鱼当作一块冰看待，那么你把我当作什么东西看待呢？"

"我把你当作春天里的太阳光一般看待，晒在我的身上，我是感觉到多么温情、多么暖意啊！"

曼静说到这里，整个的娇躯，几乎倒向他的怀抱里去，纤手去抚摸他的脸，表情是分外的娇媚。常明心头像小鹿般地乱撞着，他的神魂真不免有些飘荡起来，笑嘻嘻说道：

"你这个比方虽然好，但我的比方还要好呢！"

"你怎么样的比方？"

"我说你是一朵将要枯萎的花儿，我是一瓶万分宝贵的甘露，你这朵花蕊若没我这瓶甘露灌溉下去，恐怕你就要枯燥死了。徐太太，你说我这个比方不是比你更说得好吗？"

常明一面说，一面还笑嘻嘻地问她。曼静被他说得两颊热辣辣地发烧，秋波也斜了他一眼，赧赧然地说道：

"那么今天夜里，你就给我灌溉几滴甘露吧！否则，我真的要干燥得活不下去了。"

"今天夜里恐怕不能够。"

"为什么？"

曼静一听他这么说，心里不免大大地失望，一把抓住了他的手臂，急急地问，满面还显现了怨恨的神色。

常明也显出为难的样子，说道：

"因为……因为……今天我和太太说好了原是回家去的，所以……我不能失约的，我想……反正往后的日子很长，过两夜我们一同再……"

"喔唷！你不要肉麻当有趣好吗？和自己太太原是天天碰见，夜夜相会，哪还有什么约好不约好的事呢？我真不知道你太太长得怎么样的千娇百媚，连偶然一夜不回家都舍不得。哼！你这个人见了新人，就丢了旧人，可怜我这一番痴心，也是白用的了。"

曼静不等他说完，就很生气地向他抢白了这两句话，但说到后面，真的倒又勾引起无限心事来了，一阵子悲酸，眼泪竟像雨点儿般地滚落了两颊，大有哽咽欲泣的样子。常明被她一流眼泪，不免感到有些左右为难，伸手抓了抓头皮，温情地说道：

"徐太太，你不要伤心呀！我如何会忘记你？你待我的好处，我永远记在心里，只要你的那个老甲鱼不在杭州，我们幽叙的机会可多着哪！"

"哼！你也不要花言巧语地来哄骗我，老甲鱼虽然不在杭州了，但是你可有着监视人了，我们碰头的机会如何会多呢？今夜难得相遇了，你尚且推三阻四地拒绝我，那么往后你不是会故意避开我吗？我是一个苦命女子，原不值得你的爱怜。但你也想想我们过去的恩情，我是怎么地对待你？只要你说一句话，我全都依顺你。现在你有了太太，固然可以不需要我了，但我求求你，今夜无论如何就答应我吧！"

常明见她身子紧靠着自己，一面苦苦哀求地说，一面那眼泪益发滚滚地落下来了。常明被她一提起过去恩情的话，心中立刻想到她那种柔顺得像一头绵羊似的表情，一时心里不住地荡漾，遂握了她手儿，低低地说道：

"徐太太，你且收束了眼泪，我们有话总好商量。"

"这是用不到什么商量的，你认为我们之间没有一些情意的话，那你只管把我丢到脑后去，你立刻站起身子走好了。否则，我们就一同去找寻一些快乐。"

"此刻几点钟了？"

常明有些委决不下的样子，沉吟了一会儿，低低地问。曼静一瞧手表，遂把秋波匕斜了他一眼，低声问道：

"你问钟点做什么？还只有九点半哩！"

"我想……假使你一定要我……那么我们此刻就走吧！"

曼静听他忽然又这么说了，一时不由得破涕嫣然起来，感到无限惊喜的神情，两手攀住他肩胛，笑盈盈地问道：

"怎么你又性急得这一份模样了呢?"

"你不知道我的意思，我预备给你一些安慰之后，十二点之前再回家去。这样在你身上固然是尽了义务，就是在太太面前也可以有交代了，你说这不是个两全其美的办法吗?"

常明这两句话听到曼静的耳朵里，一半是喜悦，一半是妒恨，但她也没有办法，只好点点头，说声马上就走，便开皮夹取钱，预备付茶账了。常明连忙把她拦阻了，笑道：

"这些你还客气吗? 难道我开了舞厅，还要你付茶账不成? 那似乎也太以笑话了。"

常明一面说，一面就向旁边站着的侍者吩咐了一句，于是和曼静一同走出舞厅去了。两人坐了车子，到中国大旅社门口跳下。常明在账房间一问，知道三楼三〇五号有个房间空着，于是由茶房陪到三楼，两人走进房间。里面很是宽敞，而且还有浴间设备，曼静非常满意，点头说这间很好。常明遂付了房金，茶房给他们泡上一壶香茗之后，便悄悄地退出房外去了。

曼静见房内只有他们两个人了，她觉得自己非用一些手段来迷住他不可，这就亲自给他脱去了西服上褂，又把床底下拖鞋取出，给常明换去了皮鞋。常明见她这样温情蜜意地服侍自己，心里自然十分欢喜，遂情不自禁地把她拉到怀内来，说道：

"徐太太，你服侍男人家的功夫可真不错呀！"

"这是每一个女人应该做的事情，难道你的太太就没有这样服侍你吗？"

曼静老实不客气地把她软绵绵的屁股就坐到常明的膝踝上去，一面趁此机会，故意向他这么地问。她的目的，是想破坏夫妇间爱情的意思。常明见她露了两条雪白的臂膀，仿佛嫩藕似的可以榨得出水来的样子，遂伸手摸住了她，觉得柔若无骨。一时勾住她的脖子，在她粉颊上啧啧地吻了两下。曼静一面笑，一面扭捏着腰肢儿，又低低问道：

"我对你说的话，你为何不回答我？是不是你眼睛看花了，把我当作太太看待吗？"

"我太太虽然也很会服侍我，但怎么及得来你的温情可爱呢？徐太太，你的皮肤多白嫩多细腻呀！我摸着也高兴哩！"

"你不要灌我迷汤吧！我知道你太太一定比我美丽的。"

"不见得，不见得，像你这么美丽的妇人，谁还能比得上你？就是西子复生，王嫱再世，恐怕也要望尘莫及了。"

　　"你不是真心话，我不要听。"

　　曼静虽然是万分得意，但她还撒痴撒娇地说，而且把她的一条腿儿也搁到常明的身上来了。夏末的天气，还是炎热得厉害。大多数女人，都是光着腿不穿袜子的。曼静是个风流的女人，当然更不会例外，常明在她腿儿搁到自己身上来的时候，眼睛自然看到了这一段富有引诱性的白肉。于是他的手，会放弃了她臂膀，而摸到她的大腿上去，笑嘻嘻地说道：

　　"你们女人真是节约得很，连双丝袜都舍不得穿。"

　　"傻子！哪里是舍不得穿丝袜？"

　　"你说是为了什么？"

　　"我老实告诉你吧，是为了引诱色眯眯男子才不穿丝袜的。"

　　常明听她一面说着，一面又咯咯地笑得花枝乱抖。因为她是靠在自己怀内，被她一阵子颤抖着浪笑，自己浑身都不免感觉到性感起来。这就益发把她搂紧了，手慢慢地探上去，笑道：

　　"那么你的裤子一定也没有穿着吧？"

"啐！别胡说八道，不穿裤子那还像什么样子呢？"

"可是，我这么一直地向上摸，却摸不着裤脚管在哪儿呀？"

"难道你太太穿的裤子裤脚管是挺长的？"

曼静秋波白了他一眼，似乎有些娇嗔地回答。常明的手仍旧向上面进行，口里却笑着道：

"我太太的裤脚管在这地位我的手应该摸到了，但是你……却仍旧摸不着呀！莫非你真的不穿裤子的吗？"

"要死快了！你再摸上去，那不是裤脚管吗？"

"哦！哦！原来你穿的是条三角裤，其实，这也算不了是裤子，好像小孩子兜了一块尿布哩！"

常明的手直扑到她的小腹上面，这才摸着一条丝质的三角裤，一时五指也不免有些迷醉起来，哦了两声，笑嘻嘻地说。曼静被他扰得痒丝丝的，两腿动了一动，说道：

"城市里的太太小姐们哪一个不穿三角裤？除非是乡下女子，才穿长长的裤子哩！我想你太太一定也穿三角裤的。"

"我太太不爱穿三角裤，前儿我在百货商店买几条给她穿，她也没有穿上去哩！"

"你太太思想一定很陈旧的，她读过书没有？"

17

"人家还是个高才生哩！"

"哼！这种人就枉读了一辈子的书。"

曼静冷笑了一声，讥笑地讽刺着说。但忽然又啊了一声，想到了什么似的，赔了笑脸，望着常明脸儿，低低地说道：

"对不起！我不该在你面前，说你太太的不好。"

"没有关系，我太太的思想确实很陈旧的。瞧你是多么的开通呀！假使你不是穿一条三角裤，我的手指哪里能享受得到这样的艳福呢！"

常明嬉皮笑脸地说，他的手便更加地顽皮起来。曼静连忙把他手儿拉了出来，樱口里娇喘着，吹气如兰的，还把秋波白了他一眼，低低地说道：

"你这人只知道肉欲之爱，不懂得真情真意的。假使我们之间真的有一些爱情的话，你不该拿这种玩弄的手段来对付我。因为我们有两个多月的日子不见了，今日好容易叙在一起，那我们不是应该好好儿地谈谈吗？"

"什么真情真意，这些都是骗人的假面具，男女间的爱，假使不发生肉欲上的关系，那还不是和同性朋友一样吗？所以我喜欢坦白一些地说，假使你不是为了要我来给你效力的话，那你又何必要我陪你到旅馆内来呢？谈心什么地方都可以呀！你说是不是？"

曼静被他这么一说，两颊红得发烧，雪白的牙齿微咬着殷红的嘴唇皮子，秋波逗给他一个娇嗔之后，却把脸儿藏到常明的怀内去，忍不住咯咯地笑起来。常明见她淫得可爱，遂捧了她的粉脸，在她小嘴儿上紧紧地吻了一个够，然后迫不及待地说道：

"徐太太，我们共图好梦吧！"

"嗯！我不要你叫我徐太太。"

"你要我叫你什么呀？"

"亲热些，好听些。"

"哦！我亲爱的曼静好妹妹！我太爱你了，我恨不得把你一口吞下去哩！"

常明被她挑拨得几乎疯狂起来的样子，他把曼静像小孩子似的高高地擎抱起来，预备走到床边去了。但是曼静勾了他的脖子，附了他的耳朵，低低地不知又说了一阵什么话，常明欢喜得连声叫好，他便抱了曼静，很快地一同走进浴间里去了。

第二回

巧语虽伶俐病显原形

　　当当，时辰钟敲了十下，四周是静悄悄的，只有电风扇叶子在很快地转动，发出了呼呼的声响。室内的太师椅子上坐了一个五十多岁的老者，他口里衔了一支雪茄烟，两眼呆呆地望着桌子旁边站着的那个花信年华的少妇出神。那个少妇一手拿了汽水瓶，一手握了玻璃杯，把汽水倒了一满杯，回过身子，交到老者的手里，微笑着说道：

　　"爸爸，您喝汽水吧！"

　　"哦！梅邨，自从你做了我家的媳妇，这几个月来的日子，我全亏你小心地服侍，使我的病体好了许多，我心里真是十分感激你。"

　　原来这个老者就是常明的父亲楚伯贤，他对于这个美丽贤惠的好媳妇，心里也会起了一些感情作用，望着她红晕的粉脸，低低地说。梅邨听了，连忙含了笑容，摇摇头，说道：

"爸爸，您这些话也未免说得太客气了，做小辈的服侍尊长，那不是应该的事情吗？怎么用得到感激两个字呢？"

"话虽不错，但……你的婆婆，她就没有这样关心我了，瞧她一天到晚忙着的就是一百三十六只的牌。此刻已经十点敲过了，她还没有息手回家，我猜她又得十二点以后才能回来呢！"

伯贤这几句话中大有妻子不如媳妇的意思，忍不住微微地叹了一口气。梅邨笑了一笑，低声说道：

"一个爱好赌钱的人，往往会忘记了时间，甚至于玩牌玩到了通宵，这也是算不了什么稀奇的事情。不过大热的天气，时候太早也睡不着，婆婆上了年纪的人，玩玩小牌解个闷儿，也就由她去吧！"

"我说你真是一个大贤大德的好媳妇，一个做小辈的最难得就是能懂得孝道，无怪你婆婆非常疼爱你哩！"

伯贤不好意思说自己非常疼她，遂含了微笑，推到楚太太身上去。梅邨自然非常得意，扬扬眉毛，也忍不住嫣然地笑了。这时伯贤指了指桌子上尚有半瓶剩下的汽水，望了梅邨一眼，说道：

"梅邨，这半瓶汽水你喝了吧！我不要喝了。"

"哦！我……也不要喝。"

梅邨摇摇头，支吾着回答，不知她为什么，粉脸儿却益发绯红起来了。伯贤问了一声为什么不要喝？忽然他想过来似的，忍不住哦了一声。梅邨被他这么的一声哦，更加娇羞万状地赧赧然起来。伯贤觉得翁媳之间似乎应该避一些嫌疑，于是也就不提什么了。过了一会儿，才表示很关怀地说道：

"时候不早，你回房去休息吧！常明从舞厅里大概也可以回家了。"

梅邨因为自己女人家的秘密，无形之中被公公知道了，芳心也正在感到万分难为情，一时巴不得他有这一句话，遂答应了一声，道了晚安，管自回房去了。梅邨到了自己的房中，一瞧梳妆台上那架意大利石的座钟已经十一点了，暗想：再过一刻钟，常明便可以回家了。因为他照例在十一点一刻回家，回家后他还照例要吃一点儿点心。今天自己给他预备好的是凉绿豆汤，想九点钟凉到现在大概也已冷透的了，于是走到窗口旁去，把窗槛上放着的那只小锅子盖儿揭开，拿了羹匙舀了一匙，凑在嘴旁尝了尝滋味，觉得又甜又凉，很是不错。

她微微地一笑，又回到沙发边去坐下。随手取了一本小说，翻阅着细看，也不知经过多少时候，忽然时辰钟当当地敲了起来。这把梅邨惊醒得急忙回过头去，向时辰钟一望，不禁啊了一声叫起来，自言自语地说道：

"什么，已经十二点钟了吗？他……他……今夜怎么还没有回来呢？奇怪得很，难道舞厅里发生什么意外的事情了吗？"

梅邨一面说，一面把手中那本小说丢下，不由自主地站起身子来，走到房门口去张望了一眼。齐巧小茜从上房里出来，遂低低地叫道：

"小茜，太太回来了没有？"

"刚回来不多一会儿，少爷呢？"

"还没有回来呀！我担心他在舞厅里会出什么乱子！"

"那是不会的，也许舞厅里生意很忙，所以还没有结好账哩！新少奶，你若不放心，可以打个电话去问一问的。"

小茜为了讨好主人起见，转了转乌圆眸珠，便想出这个主意来安慰她。梅邨被她一语提醒，觉得这办法很好，遂匆匆走到电话间，握了电话听筒，拨了号码，问道：

"喂！你们是皇宫舞厅吗?"

"是的，你找哪一位?"

"我请楚经理听电话。"

"楚老板已经走了，你是哪儿打来的? 明天晚上十一点之前来电话，楚老板是在这儿的。"

"哦！他今天什么时候走的? 你知道吗?"

"这个……我没有知道。"

梅邨再要问他，那边已经把电话挂断了，一时只好也把听筒放下，懒洋洋地走回到房中来。这时小茵在房内打扫地板，见新少奶愁眉不展地进房，于是开口问道：

"新少奶，大少爷在不在舞厅里呀?"

"他们说大少爷已经走了，奇怪，他又到什么地方去了呢?"

梅邨满腹狐疑的神情，一面在沙发上坐下，一面很烦闷地回答。小茵打扫完毕，给梅邨倒了一杯冷开水，说道：

"说不定约了三朋四友到旅馆内玩牌去了。"

"就是玩牌去了，也该打个电话回来告诉一声，那么也不用叫人家在家里等得性急，这人真是太糊涂了。"

小茵见新少奶脸上颇有生气的样子，这就不敢多说，站在桌子旁倒是呆呆地愕住了一会儿。梅邨闷闷地想了一会儿心事，偶然抬头望见了旁边呆站着的小茵，于是向她挥了挥手，说道：

"时候不早，你管自地回房去睡吧！"

"新少奶睡吧！我给少爷等门好了。"

"你明天起来要收拾两个房间，太迟了睡觉，明天做事就会没有精神，你还是管自地先去睡好了。"

小茵听新少奶这样说，遂也不敢违拗，掩上房门，悄悄地退出去了。这里梅邨一个人坐在沙发上，暗暗地想道：常明到底约了朋友去玩雀牌呢，还是带了女人去寻欢作乐呢？这倒是一个值得研究的问题。照理说，我们新婚才四个月不到，夫妇之间爱情正浓，他绝不会另找新欢去胡调的。那么说来，他一定是约了朋友赌钱去了。梅邨左思右想地忖了一会儿，一时有些疲倦，她靠在沙发背上，不知不觉地竟是睡着了。

梅邨睡着后，竟做了一个梦。梦见常明和一个女子拥抱着在甜甜蜜蜜地亲密，见了自己，不但一些没有躲避的意思，反而显出凶恶的样子，向自己怒骂，好像怨恨自己不该撞破他们好事的神气。梅邨心头这一气愤，真觉得无限的痛苦，这就忍不住哇的一声哭起来了。

"梅邨，梅邨，你梦魇了，快醒醒吧！"

梅邨正在哭得无限伤心的时候，忽听耳边有人急急地呼唤，于是睁开眸珠来望，只见沙发旁站了一个西服青年，正是自己的丈夫常明，他还用手不住地摇撼着自己的身子。这就揉揉眼皮，问道：

"啊呀！你什么时候回家的？我竟一些也不知道呢！"

"你睡着了在做梦，那如何会知道我已回家了？你梦见了什么呀？干吗哭得这一份的伤心？"

常明一面脱了西服上褂，一面含了笑容，低低地问她。梅邨被他这么一问，那梦境中之事，便立刻在脑海里浮了上来。一时心头尚有余恨，她把面色沉了下来，却低头不答。常明瞧她这个神情，他心中原是怀着鬼胎，此刻当然更加地心虚起来，只好低声下气显出特别温情的样子，也坐到沙发上去，偎抱了她娇躯，笑问道：

"怎么啦？你不高兴吗？是不是怨恨我回来得太晚了？"

"也不算太晚，天还没有亮呢！"

梅邨用了俏皮的口吻，向他讽刺地回答。这时钟声刚敲了两点，梅邨秋波乜斜了他一眼，接着又冷笑了一声，说道：

"我真没有想到我们结婚才只有三个多月，你就在外面玩女人了！"

常明想不到梅邨已经知道了自己的秘密，一时大吃一惊，忍熬不住慌张了脸色，啊了一声叫起来。但仔细一想，今夜自己和徐太太的幽会，绝没有第三者知道，那么梅邨无非是瞎猜猜而已。女人家的门槛最精，往往冒三冒四地会使男人家露出真情来的，那我可不能上她的当。常明这么地一想，他立刻又镇静了态度，故意笑嘻嘻的神情，说道：

"你这话是打哪儿说起的呀？可别太冤枉我了。"

"我真不会来冤枉你，原是我亲眼瞧见你抱了一个女人在亲嘴。"

"这……这……除非在做梦吧！"

梅邨说的话，听到常明耳朵里，还以为自己的秘密真的被她发觉了，他这一焦急，那颗心跳跃得几乎要从口腔里蹿出来了，而且额角上的热汗，也会像珍珠般地冒上来。不过他当然还是竭力地否认，支吾了一会儿，才说出了这一句话。

常明说这一句话，在事先并没有经过考虑，也没有什么特别的作用，无非是急得无可奈何中的强辩而已。但万想不到梅邨听了之后，她那薄怒娇嗔的粉脸上竟会

27

嫣然地笑起来。常明见她这一笑，笑得分外的妩媚，好像在告诉自己，她的生气完全是和自己开玩笑而已，因此他的胆子立刻又大了起来，抱住了梅郱脖子，凑过脸要去吻她的小嘴，低低地说道：

"我有了你这么一个美丽多情的好妻子，我实在心满意足，如何会去再爱别的女人呢？瞧你这张樱桃般的小嘴儿，还有哪一个女人能及得上你的可爱呢？亲爱的好妹妹！你就赏我一个甜甜蜜蜜的香吻吧！"

"我不要，我不要，你……花言巧语的不用骗我，我知道你将来在外面有了新欢，恐怕还要凶巴巴地骂我哩！"

梅郱根据梦中的情形，不禁恨恨地说，而且把手去推开他的嘴。常明听了，不觉又惊又奇，并且又有些莫名其妙的样子，急急说道：

"我见了你，仿佛见了玉皇大帝一样，我怎么敢骂你呀？你这些话都是怎么想着了才说出来的？"

"我刚才梦中清清楚楚挨了你的骂，而且还明明白白瞧见你跟一个女人在亲嘴，我想你这人将来一定会变心的。"

梅郱鼓着红红的粉腮子，方才向他告诉出梦中的一段事情来，她似乎还感到十分怨恨的样子，恨恨地逗给

28

他一个白眼。这使常明心头才落了一块大石般地安定了不少，忍不住哈哈地大笑了一阵，说道：

"呀！我道是怎么的一回事情，原来你把刚才梦中的事情当真了，那不是太有趣了吗？好妹妹，你真也太以孩子气了。"

"我无事端端地怎么会做这一种梦呢？可见你将来会变心的。"

梅邨虽然也觉得自己有些过于认真得没有道理，但她是个好胜的女子，表面上当然仍旧不肯认错，口里还这么地回答。常明笑道：

"日有所思，夜有所梦，那是必然的事。因为我今夜回来得太迟，你一个人一定胡思乱想猜测我玩女人去了，所以你睡着后糊糊涂涂地就做起这种梦来了，其实这完全是由猜疑而凝成了梦境，所以你千万不能信以为真，否则，我们恩爱的夫妇之间，不是要由误会而发生感情上的破裂了吗？"

常明很会说话的，滔滔不绝地说出了这几句话，而且紧紧地偎了她的身子，表示特别亲热的神气。梅邨心中这才疑窦冰释，把怨恨也消失了大半，秋波赧赧然地逗了他一瞥媚眼，却含笑不说什么了。常明一见难关已经逃过，心中大喜，伸手去搂她粉颈，又想和她接吻。

但梅邨却把他推开了，蹙了眉尖儿，忽又问道：

"那么你这样晚回来，到底在什么地方玩呀？是不是舞厅里生意很忙，算账算到此刻才回家吗？"

"嗯……舞厅里生意确实很忙……"

常明也是一个很细心的人，他一面敷衍着回答，一面心中又在暗想：莫非她已经打电话到舞厅去问过了吗？那我可万万也不能说谎，万一露了马脚，岂不是糟糕了吗？于是接下去又说道：

"我本来也走不开的，谁知上海来了一个老同学，他说他住在中国旅社内，而且同来的还有几个朋友，叫我到他们房间里去游玩游玩。我想老同学见面，那是没有推拒的道理，因此只好跟了他去了。不料到了中国旅社，谈了一会儿之后，又提议玩骨牌了，我若不答应，就扫了他们的兴趣，因此也只好应酬了八圈。但偏偏又是我独赢，他们要再打四圈翻本。你想，自己朋友，我赢了钱，能不答应吗？所以这也是没有办法的事情，累你等候到这个时候，我心里真觉得对不起哩！"

常明鬼话连篇，说得那一份的认真，梅邨当然也相信起来。一时默然了一会儿，但又包含了埋怨的口吻说道：

"朋友之间的应酬，原也是应该的事情，不过你也该打一个电话回来关照一声，那叫我在家里也好放心一些。现在你自己在外面定定心心地玩牌，叫我心里是多么的着急呢！"

"好妹妹，我何尝不想到打电话回来关照你呀！但是他们一听我已经结了婚，便先取笑我，说我不敢在外面玩牌，一定是怕老婆，又说我要不要先回家来打一张通行证。你想，我被他们这样取笑之下，我还好意思真的向你来打通行证吗？况且我的脾气，怕老婆情愿怕在房间里，男子汉大丈夫，在外面总要扎一些面子的，你说是不是？梅郇，我情愿此刻跪在你的面前，向你讨饶，赔不是，你就原谅我吧！"

常明倒是说得出做得到的能屈能伸大丈夫，他一面说，一面真的向梅郇跪了下来，抱住了她的两膝，还嘻嘻地笑。一个女子见到丈夫跪在自己的面前，这是最能使自己心头会软下来的。所以梅郇把刚才一肚子的不高兴也就忘记了，秋波恨恨地白了他一眼，娇嗔地说道：

"这像个什么样子呢？你快起来吧！"

"你要饶了我，我才敢起身哩！"

"奇怪，你又没有什么错处，我饶你什么呀！"

"我累你等得那么久，歪在沙发上打瞌睡，这不是我的错吗？"

"一个人只要肯认错，这也就是了，不过下次你和朋友们玩牌的时候，请你先来个电话，好叫我不用为你担心。"

"是，是，谢谢玉皇大帝的恩典，小子感激万分。我赢来的这两百元钱，就全数送给你吧！"

常明见她这么温情地说，心中真有说不出的欢喜和得意，觉得下次和徐太太幽会的时候，可以先打电话关照梅邨，假意说我和朋友在玩通宵骨牌，那么我不是和徐太太可以一整夜的欢乐了吗？常明这样想着，立刻又取出两叠钞票来塞到她的手里去，竭力地拍马屁。一个做妻子的女人，在丈夫身上要得一些爱情固然需要，但在丈夫手里能得到一些金钱，这和爱情可说是同样的需要。假使苛刻地说一句，有些做妻子的，简直把金钱看得比爱情更加重要一些。梅邨是个爱好虚荣的女子，她的个性，当然和社会这一班普通的妻子一样。当时见了这两百元钞票，心中已经欢喜，又听他这么拍马屁地叫着玉皇大帝，当然格外得意，这才笑盈盈地伸手把他从地上拉起。常明趁此机会，也就倒向她的怀抱里去，抱住她的颈项。这会子，梅邨没有拒绝他的勇气，那张小嘴儿终于被他紧紧地吻住了。

"好了，好了，别太顽皮了，我可恼了。"

"一个做丈夫的，在闺房之内，对一个做妻子的，应该有顽皮的举动，要像小孩子在慈母怀抱里一样的顽皮，那么夫妇之间的爱情，才会永远地甜蜜和浓厚哩！好妹妹，你再给我多吻一会儿好吗？"

梅邨被他吻得有些透不过气来，遂恨恨推开他身子，娇嗔地说。但常明却还说出一篇道理来回答，他一面凑过嘴去，又想去亲她的小嘴儿。梅邨在丈夫热烈的温存之下，自然也只好又被他热吻了一会儿。

"够了吧！你现在总可以满足了。正经地我问你，你在外面吃过了点心没有？我给你备好了凉绿豆汤，你此刻想吃一些吗？"

"亲爱的太太给我备好的点心，我如何能不吃一些呢？当然要吃的呀！"

常明向她一味地奉承，梅邨自然满心的欢喜，秋波逗了他一个娇嗔，一面笑盈盈地站起身子，一面把凉绿豆汤盛在碗内，亲自端到常明的面前，温情地问道：

"你倒尝一尝味儿，假使不够甜，我给你再放一些白糖下去。"

"太太手里做出来的点心怎么会不甜？我吃在嘴里，不但觉得甜蜜蜜，而且还有些香喷喷哩！"

常明说着话，端了碗，低着头唏哩呼噜地喝着绿豆汤。梅邨坐到他的身旁去，伸手去拧他的耳朵，笑盈盈说道：

"你此刻把太太太太地只管放在口里叫得好听，但将来不要见花爱花地再去爱上别的女人吧！"

"我若去爱上别的女人，那你也只管像现在一样拖了我耳朵骂我打我好了。"

"只要你没有野心思，我如何舍得骂你打你哩！"

梅邨慌忙放下拉住他耳朵的手，柔情蜜意地去抚摸他的脸颊，笑嘻嘻地回答，表示那一份疼爱他的意思。常明觉得梅邨也是个可人儿，若和徐太太相较，一个是娇憨，一个是放浪，当然自己太太是更觉得可爱一些。一时想起刚才和徐太太在浴间里的一幕情形，他心头颇觉惭愧不安。这就拉了梅邨的手，站起身子，一同起到床边去，笑嘻嘻说道：

"太太，时候不早，我们睡吧！"

梅邨点点头，遂伸手熄了室内的电灯，两人躺到床上去了。夫妇俩睡在一个枕上，面对面地忍不住又接了一个吻。常明恐怕冷淡了新太太，所以附了梅邨耳朵，低声地笑道：

"刚才累你等得那么久，我心里真觉得抱歉，此刻我来向你赔一个不是好吗？"

34

"不要，快近三点钟了，过一会儿天都要亮哩！"

"天亮了也不要紧呀！反正下午没有事情，我们尽可以睡中觉哪！好妹妹，鸳鸯戏水多快乐呀！"

常明色眯眯地偎了她身子，却是动手动脚起来。梅邨并不抵拒他，却动也不动地睡着，于是常明的手就摸到了一样东西，不由得呀的一声叫起来。梅邨却早已扑哧的一声笑了，把他手轻轻打了一下，说道：

"忙什么？睡吧！睡吧！这么晚了，身子也得保重些才好。"

"妹妹，你这是什么时候来的？昨夜还……没有呀！"

"下午刚来的，这种事情，你男人家别多管闲账吧！"

梅邨赧赧然地回答，她转了一个身子，表示要睡着的样子。常明暗想：幸亏她这个东西帮我的忙，否则，我的精神也够不到呀！于是不再和梅邨说话，合上眼皮，静静地睡着了。

他们夫妇两人这一睡下去，直到十一点钟才醒来。不料常明却满身发热，口喊头痛，竟然是生了病。梅邨当然十分着急，一面起身，一面问道：

"好好儿的怎么会病了？莫非昨夜窗子没有关，受了寒吗?"

"没有关系,你不要害怕,我睡一会子,就会好的。"

常明口里虽然这样地安慰她说,但心里却在暗暗地担忧着,觉得自己这个病不是闹着玩的,也许是乐极生悲的结果。万一真的如此,那病势可就不轻了,因为他只觉得头昏脑涨,全身发烧,实在有些说不出的痛苦。梅邨听他只管哎哟哎哟地呻吟,好像生着重病的样子,于是蹙了眉尖儿说道:

"我打电话去,请爸爸来给你开张方子好吗?"

"我……我……想……到了明天再说吧!"

"为什么要到了明天再说呢?早些吃了药,自然早些好起来,难道你还舍不得付医药费不成?"

常明心中是怕给岳父知道了自己生病的原因,所以不愿意他来诊治。但梅邨当然不知道他心里有这一层虚心,还以为他是舍不得医药费呢,于是一面说,一面也不再征求他的同意,就匆匆出房打电话去了。谁知齐国良接到了这个电话,却并没有答应马上就来,只说等门诊完毕,下午六时左右,来给他诊治。梅邨听了这话,芳心里有些怨恨,遂急急地说道:

"爸爸,常明的病也很不轻呀!你为什么不肯马上就来给他诊治呢？"

"你不知道，我这儿有一百多个病人等着我医病呢！叫我此刻怎么分得开身？你们把常明陪着来门诊好了。"

"常明到底是你的女婿，就是你对女婿没有什么好感，那你也该瞧在女儿的脸上呀！"

"我做医生的，是为了要救大众的病人，并非是为了单救个人的病。况且，我此刻根本不是出诊的时候，我不能为了私事而误了公事呀！梅邨，你应该原谅我的苦衷。"

"爸爸，这时候还谈什么公呀！你要害女儿做了寡妇，你心里才满足了。"

梅邨听爸爸这样说，心里恨得什么似的，遂愤愤地说了这两句话，把电话挂断了，一时越想越气，越想越恨，忍不住哇的一声哭了。当梅邨打电话的时候，小茵齐巧在电话间门口经过，所以当时听得十分清楚，此刻见新奶奶哭了，便连忙说道：

"新少奶，你别哭呀！少爷到底生了什么病呀？假使是很要紧的话，那你可以坐了汽车把齐老爷去硬请了来的。"

"不错，我亲自去把爸爸请了来，你快告诉老爷太太去，说少爷病了，你们在家里好好儿地照顾他吧！"

37

梅邨被小茵一语提醒了，遂连连地点头，一面吩咐着说，一面便匆匆地走到楼下去了。小茵于是急急来到上房，向伯贤夫妇报告，说少爷病了，新少奶已亲自去请齐老爷来给少爷治病。伯贤和楚太太听了这个消息，连忙奔到常明房中来，只见常明两颊血红，额角上像火一般烫手，还不住地呻吟。楚太太坐到床边，愁眉苦脸的表情，问他怎么病了？有什么东西吃坏了？抑是受了风寒呢？常明真所谓哑子吃黄连，有苦说不出，也只好含糊地回答了两句，说这病不要紧的，请他们老人家放心。不多一会儿，梅邨真有本事，竟把她父亲硬拖着到来了。齐老医生到了房中，也来不及和伯贤夫妇打招呼，就先坐到床边给常明诊病。当他按了常明脉息的时候，他的眉毛就皱了起来，心中暗想：怪不得女儿急得这个样子呢！原来她自己也已知道夫婿的病根了。唉！年轻的夫妇们，真是太……糊涂一些了。国良心中这样想着，但表面上当然不好意思说什么，遂给他打了一枚针药，然后开了一张方子。伯贤请他吸烟休息一会儿，说午饭吃了去。国良连说对不起，我不能耽搁，医院里还有许多病人等着哩！伯贤夫妇自然不敢留他，遂叫梅邨送她爸爸下楼，并吩咐阿三，把汽车送亲家老爷回去。梅邨一面答应，一面送着父亲下楼，还低低问着常明这病要紧不要紧。国良回头见四下没有什么人，遂低声对她说道：

"孩子！年轻的夫妻们，固然应该要恩爱，但也得小心些，顾全到各人的身体才好。"

梅邨被爸爸没头没脑地说了这两句话，一时还弄得莫名其妙，因此目瞪口呆地倒是怔怔地愣住了。

第三回

含冤受屈一心为争气

　　梅邨被父亲没头没脑地埋怨了这几句话，一时还弄得莫名其妙，但经过了一阵子出神之后，她终于恍然明白过来了。这就绯红了两颊，虽然想要辩白几句，不过一个女孩儿家，在爸爸的面前，这种羞人答答的事情，又怎么能够声明出来呢？因此我……我地支吾了半晌，还是没有说出什么话来。齐国良心中倒又误会女儿害羞，所以无话可答了，于是也不再与她说什么话，向她挥挥手，说声你上楼好好儿地去服侍他吧，便匆匆地坐上汽车回医院去。

　　梅邨眼瞧着爸爸走后，站在大厅前的石阶上，不禁又暗暗地想了一会儿心事。觉得爸爸的意思，好像说常明这个病是因为我们夫妇间太恩爱之中一不小心而生起来的。这实在是冤枉我们了，因为昨天自己齐巧来了经期，根本没有和常明行过房事，那么他这个病又从哪里生起的呢？想到这里，忽然灵机一动，不由得喔了一声叫起来，自语自言地说道：

"不错，不错，昨天夜里，他这么晚回来，一定在玩女人，我被他花言巧语地瞒住了。谁知他不争气，今天自己显出原形来了。"

"新少奶，你在说什么呀？"

小茵拿了药方，是楚太太吩咐她到药房里配药去的。一听梅邨站在石阶上独个地说着话，心里不免感到了奇怪，遂走到她的身边，低低地问。梅邨回头向小茵望了一眼，因为她还是一个小姑娘，觉得这种事情，也有些不方便对她说。即使告诉了她，她也不懂得什么，于是摇头说道：

"没说什么，你上哪儿去？"

"我撮药去。"

"你快去快回来吧！"

梅邨这么地叮嘱了她一句，就匆匆地回身走到楼上来了。刚到房门口的时候，听房内楚太太和伯贤在说着话，好像有些埋怨的口吻。梅邨这就没有走进房去，站在房门口，听楚太太说道：

41

"年轻的人就一些也不懂得什么，夜里睡觉，总要关了窗子才好。尤其小夫妻在一块儿之后，那千万不能吹风才是呀！瞧阿明这病情，还不是伤寒的底子吗？做丈夫的不懂事，这做妻子的应该爱惜丈夫的身体才对。"

"我说你怪到媳妇身上的不好，那你也未免有些偏心。总而言之，这是阿明自己不小心，他也不是什么小孩子了，难道连这一点儿常识都不知道吗？"

梅邨听到这里，觉得自己真是太受委屈了，意欲奔进房去向他们辩白，但自己是个刚进门不久的新媳妇，羞人答答私底下的事情怎么好意思公开地说呢？于是故意把身子退到扶梯口旁去，表示并没有偷听他们说话的样子，假痴假呆地一面叫着小茵，一面走进房来。楚太太见了梅邨便低声问道：

"你叫小茵做什么？"

"我想叫她到药房里配药去。"

"已经去了，你在下面没有碰见她吗？"

梅邨假装含糊地点点头，她望着床上的常明，满面显出不高兴的样子，呆呆地出神。常明有些虚心，他却连连地哼着，好像十分不舒服的神气。梅邨在翁姑面前，不得不挨近床边去，低低地问道：

"你什么地方不舒服？"

"我有些头痛。"

"谁叫你昨夜两点钟才回家的！"

梅邨握了纤拳，虽然在他额角上轻轻地敲着，但口里却哀怨地回答，她是有心说给翁姑知道的意思。果然伯贤听了，奇怪地问道：

"什么？昨夜你两点钟才回家的吗？你在什么地方玩呀？"

"我……我……在武林日报馆里发稿子，因为……我那个助编有事请假，所以我只好自己去发稿了。"

常明平日也有些怕他父亲，所以支支吾吾地只好圆了一个谎话回答。梅邨在旁边听了，自然十分的生气，忍不住咦了一声。常明一见事情不对，只好把她手偷偷地一拉，还向她连连地丢了两个眼风。梅邨知道他在向自己打招呼的意思，因为夫妇到底有结发之情，情愿回头和他私底下办交涉，在翁姑面前，也只好委屈地帮他一点儿忙的了，于是恨恨地逗给他一个娇嗔，也就不说什么话了。伯贤却仍旧表示着生气的样子，吸了一口雪茄，埋怨他的口吻，说道：

"我早就对你说过了，这种报馆里的事情少干为妙，没有好处，只有坏处，花了钱办报，有些什么收获呢？我劝你这次病好后，不许再办报了。"

"爸爸，我说办报倒是件好事情，这舞厅里经理一职，还是叫别人去担任吧！这种灯红酒绿的场所，青年人是最容易被引诱坏的。"

梅郇这些话就是说常明在舞厅里做了经理之后难免就有荒唐行为的意思，但伯贤却没有理会到这一层，觉得媳妇这些话，自己有些听不入耳，因为这是自己得宠的媳妇，所以一时也不忍去反对她，只含混地向常明劝说了几句。他拉了拉楚太太衣角，两人便回到上房里去了。梅郇见翁姑走后，她自然再也忍熬不住了，遂开口问道：

"你在爸爸面前，为什么要说谎话？"

"你不知道，爸爸最恨的就是赌博，假使他知道我在外面玩骨牌，那他一定会责骂我的。"

常明一面低低地告诉缘故，一面握了她纤手，温情蜜意地抚摸了一会儿，似乎很感激的口吻，接着说道：

"刚才多亏你帮了我的忙，你真是我亲爱的好妹妹呀！"

"哼！我觉得你这人对我太不忠实了。"

梅郇却冷笑了一声，把手恨恨地缩了回来，薄怒娇嗔的表情，显然是十分的生气。常明心头别地一跳，虽然是有些吃惊，但他竭力镇静了态度，故意装作不明白

44

的样子，咦了一声，说道：

"我天地良心地说一句话，对别人我也许还有些谎话，但是对你，我实在是再忠实也没有了。"

"你知道爸爸不爱赌钱，所以你骗他在报馆里发稿。那么你知道我是不允许你在外面玩女人的，所以你就骗我在和朋友玩骨牌了，对不对？"

"这……这……你也太冤枉我了，我……我……真的和朋友在玩骨牌呀！"

常明的两颊本来有些发烧，此刻心中一急，这就更加通红起来了。梅邨撇了撇小嘴儿，冷冷地一笑，俏皮地说道：

"你能够圆谎骗爸爸，那么你当然也能够骗妻子，这是一样的道理。况且你昨夜在玩女人，根本已经有了证据，你还抵赖到什么地方去呢？"

"有了证据？你这话是打哪儿说起的？"

常明显出无限惊骇的表情，向她急急地问。梅邨伸了手指在他额角上恨恨地一戳，娇嗔地说道：

"你自己不争气，偏偏会生了病。要如你不生病的话，谁会知道你昨夜在外面瞎胡调呀！"

"一个人小病小痛终归免不了，尤其在夏末秋初的季节，不是受了热，就是着了冷，那也算不了什么稀奇呀！为什么我的生病就咬定我在外面玩女人呢？好太太，你不要冤枉好人吧！"

"你还要不承认地强辩吗？告诉你，你这病是夹阴伤寒，这就是玩女人的证据。哼！你这人真是自己寻死！"

梅邨说完了这两句话，她心里不免有些酸溜溜的难过，遂恨恨地白了他一眼咒骂着。常明虽然非常惊慌，但他还不肯老实地承认，说道：

"这个病并不是一定玩女人就会患起来的，比方说，在非常热的地方，受了风寒，或是吃了冷食，往往也会生这夹阴伤寒。我想起来了，那一定是我曾经吃过一块冰砖，所以吃坏了。梅邨，你怎么就误会到我玩女人头上去了呢？"

"我想爸爸做了三十年医生，对于这一点儿经验，不至于会没有吧！"

常明听梅邨这样说，一时把镇静的态度立刻又慌张起来。梅邨继续急急地说道：

"爸爸倒不是说你在外面玩女人，听他的语气，倒好像是我的错呢！就是刚才婆婆说的，也在怪我们夫妇之间太恩爱了。其实呢，天晓得的事情，我为你蒙受了这么多冤枉。你自己说吧，你的良心可对得住我？"

梅邨说到这里，忍不住一阵心酸，女人家没有第二样法宝，当然是眼泪来了。常明被她一流泪，而且又听她这样说，一时觉得自己确实很对不住她，心中十分悔恨，因此也把眼泪滚落了两颊。梅邨因为自己这头婚姻，完全是自己看中意的，在爸爸和妹妹的心中，根本是并不赞成，假使新婚不到三四个月就吵闹起来，这爸爸和妹妹不但不会同情自己，说不定还要讥笑自己呢！为了要争这一口气，所以她把心中的愤怒和怨恨是竭力地忍熬着，她想用柔情蜜意的手腕去感化丈夫做一个有为的好人，此刻见常明也流泪了，芳心里倒又觉得一些安慰，遂故意奇怪地问道：

"你为什么伤心呀？"

"我……见你伤心，所以我……也伤心起来了。"

常明被她问得愣住了，支吾了一会儿，才低低地回答。梅邨轻轻地叹了一口气，秋波逗了他一瞥哀怨的目光，说道：

"我觉得你变心也未免太快一些了，才结婚不到四个月，难道你就把我讨厌起来吗？可见你当初是并没有真心地爱我。"

"不，不！我根本没有讨厌你呀！你这么美丽贤惠的好妻子，我心里是多么的爱你呀！梅邨，你……不要哭,我……我没有变心啊!"

梅邨说到后面,低了头,抽抽噎噎地哭泣起来。常明这就急得了不得,拉了她纤手,竭力地说好话。梅邨哽咽着说道:

"你既然没有讨厌我,那你就不该跟别的女人去发生关系。我们才只有三个多月的夫妻呢!假使结婚三年了的话,你还不是把我抛到脑后去了吗?我想不到你竟是个这样不忠实的青年,那你当初不是明明欺骗我吗?"

"我……我……实在……没有和别的女人去发生过关系呀!你不要疑心我了,除了你,我什么女人都不放在心上的。"

"常明,我不希望听你说这些花言巧语的话,我只希望你忠实一些。你做错了事情,你应该承认,你应该改过,那么才是个好人。假使你一定还要掩耳盗铃那么的假装含糊,这使我心头更会觉得万分的痛苦。"

常明被她这样地一说,自己这就再也没有抵赖的勇气了,愁眉不展地显现了一副尴尬面孔,亲热地拉了她的手,用了讨饶的口吻,说道:

"梅邨,我错了,你……你……就原谅我这一遭吧!"

"哼!你果然在外面玩女人!"

梅邨听他向自己讨饶，可见他荒唐的行为已经证实了，一时醋性勃发，猛可站起身子，冷笑了一声，预备向房外走出去的神气。这么一来，可把常明急得满头大汗，也很快地从床上坐起，狠命地把她手拉住了，气喘喘地说道：

"梅邨，你……你……上哪儿去？"

"我告诉你的爸妈去，好叫他们老人家知道你这次的生病，并非是为了我的缘故。否则，我的责任太重大一些了。"

梅邨涨红了两颊，气呼呼地说，她满心眼儿全觉得酸溜溜的滋味。常明方才知道自己上了她的当，悔不该向她承认在外面玩过女人的，一时只好苦苦地哀求道：

"梅邨，你就做做好事饶了我吧！这不是你自己说的吗？一个人做错了事，应该承认，应该改过。现在我情愿改过，我以后不再荒唐了，你……你……怎么又不肯原谅我了呢？"

梅邨见他颤抖地说，眼泪却扑簌簌地落了下来。女子的心肠，到底是软弱的。于是愤怒的表情，也就慢慢地消失了，有气无力地在床边坐下了，还把他身子好好儿扶着躺下，怨恨地说道：

"你不要我去告诉公公和婆婆那也可以，但你得立一张悔过书，免得你病好之后，又去胡调。"

"那又何必呢？我说不再荒唐，以后一定不会荒唐了，你若不相信，我可以发咒给你听。我若再去胡调女人……"

"我不要你发咒，口说无凭，我非要你写悔过书不可。否则，你就是没有诚意改过做人，你将来仍旧会荒唐的。"

梅郇不让他说下去，就坚持着自己的意思回答。常明在这种情形之下，一时也没有办法，只好哭里带笑地问道：

"那你要我怎么样写法呢？"

"你听着，立悔过书人楚常明，兹因不守夫道，抛了新婚未久的太太竟在外面荒唐嫖妓，以致受寒成疾，害得太太蒙受不白之冤。现在觉悟自己行为失检，理应洗心革面，重做好人，恐后无凭，特立此悔过书为证，交付太太齐梅郇女士收执，俾便存照……"

常明见梅郇一本正经地念着，一时忍不住倒又扑哧一声笑起来了。梅郇把秋波乜斜了他一眼，很认真地问他说道：

"你笑什么呀？"

"我想这样写法还有些靠不住，最好请个律师来做个证明，那不是更稳当吗？"

"我的意思，用不到律师做证明，只要给你爸爸去瞧一遍也就够稳当了。"

梅郇怪俏皮地回答，又逗了他一个娇嗔。常明伸了伸舌头，表示她好厉害的意思，又摸着她手，亲热地说道：

"好太太，等我病好了之后，我一定写悔过书，现在我坐起身子就觉得有些头晕目眩的，你想，我如何还能握笔写字呢？"

"我问你，昨儿晚上，你玩女人玩得快乐吗？"

常明听她冷言冷语地讽刺自己，一时厚了面皮，只好嘻嘻地苦笑着，一面又连连讨饶地摇头，说道：

"我下次再也不敢了，好太太，请你别挖苦我了。我的头脑子痛得厉害，你给我再敲一会儿好吗？"

"叫昨夜那个女人来给你捶敲好了，她是住在哪里的？我给你打个电话去请她来好吗？"

"这个害人精，杀掉我的头，我也不愿再见她了。"

常明为了要使梅郇心中感到舒服起见，遂故意显出讨厌的样子，恨恨地骂着。梅郇冷冷地一笑，说道：

"你算骂些给我听听吗？只怕你在这贱人的面前，就会骂我的不好了。"

"这是天地良心的事，我要如背后说你的坏话，那我就没有好死的。"

"那么你得老实告诉我，这女人是何等样人？是不是皇宫舞厅里做舞女的？"

"不是。"

"不是舞女，难道是人家公馆里的大小姐吗？"

"是……一个交际花。"

常明被她这么地逼问着，因此支支吾吾地只好圆着谎话回答。他恐怕说了真话，事情闹开来，被徐大魁知道了，那么大家还得打官司不可了。梅邨一听是个交际花，心里更有些不受用，遂连忙问道：

"她叫什么名字？"

"你问得那么详细做什么？这种女人根本是个下贱货色，我上当只上一次，难道再会去搅七念三吗？"

"哼！你既然知道她是个下贱货色，那你怎么会和她去胡调呢？可见你这人叫花子吃死蟹，是女人就都中你的意了！"

"这是我一时的糊涂，现在我已完全地觉悟了。从今以后，我就守着你一个人，不再和别的女人去七搭八搭。"

"老实说，以后也不允许你再去荒唐，否则我可对你不起，非和你大闹一场不可。"

梅邨绷住了粉脸，怒冲冲地逗了他一个白眼，警告他说。正在这个时候，小茵把药水配来，梅邨接过看了一看，然后吩咐小茵拿上玻璃杯和羹匙，倒了药水，服侍常明喝下。常明见梅邨不但给自己瞒住了这个秘密，而且还毫无怨意地服侍着自己，一时非常感动，心里也就更加地爱她了。

这天下午四时敲过，梅邨的妹妹菊清匆匆地到来了。自从梅邨嫁给了常明之后，菊清还是第一次到姊夫家里来。在过去她们姊妹俩虽然感情上曾经发生一点儿裂痕，但现在她们既然各自的在不同的环境里生活，姊妹究竟也有手足之情，所以今天见面，大家都显得非常的亲热。当时梅邨拉了她手，紧紧地握了一阵，一面叫她坐下，一面开了瓶汽水给她喝，还低低地问道：

"妹妹，你今天怎么倒有空来我家玩呀？"

"爸爸叫我来的，他老人家回家后，对于姊夫的病很是关心。因为他说姊夫的病若有什么变化的话，那是很有一些危险的。"

菊清向床上望了一眼之后，附了梅邨耳朵，放低了声音，轻轻地告诉。梅邨听到了这个消息，自然暗暗吃惊，蹙了柳眉，忧煎地说道：

"他这一下午的时间里，就是昏昏沉沉地好睡，妹妹，你说他这情形要不要紧呢？"

"爸爸因为自己抽不出空来，所以叫我带了一枚针来给姊夫再注射一针，看他到明天的情形怎么样，再作道理。"

菊清说着话，把针药盒子取出，放在桌子上。梅邨听了，心里自然十分感动，觉得爸爸到底是疼爱女儿的，他这么关心地叫妹妹到来，也还不是为了女儿终身幸福着想吗？只是不争气的常明，自己作孽，竟去做成了这个疾病。假使爸爸知道他是为了在外面荒唐而得来的病，那么他老人家心中一定要十分生气哩！但自己这个话又如何能向妹妹实说？因为妹妹本来是不赞成自己嫁给常明的。她听到了常明在外玩女人的消息，不是反而讥笑我活该吗？所以她心中的苦楚，只有自己一个人知道。于是不由得深深地叹了一口气，站起身子来，走到床边去，伸手把常明额角一摸，觉得像火炭般的一团，遂低低叫道：

"常明，常明，你醒一醒吧！"

"嗯！叫我做什么呀？"

"妹妹给你打针来了。"

"谁啊？"

"是我的妹妹，因为爸爸抽不出空，所以叫我妹妹来给你打针的。"

常明这才听明白是小姨来了，他虽然全身热得有些昏昏沉沉，不过一听了这个如花似玉的小姨来了，他的精神也会勉强地振奋了一些。点了点头，把眼睛却注意到桌子旁去了。

菊清身上穿得非常朴素，一件淡湖色的泡泡纱旗袍，脚上一双白鹿皮皮鞋，完全是个女学生装束。她把针药吸入针管子里后，回头望了梅邨一眼，低低叫道：

"姊姊，你给姊夫注射到臂上去好了，我给你药水都弄舒齐了。"

"妹妹，你给他注射好了，我……几个月没动手，恐怕不行了。"

菊清所以叫姊姊给常明注射针药，因为姊姊的本身原是看护出身，而且病人又是她的丈夫，那当然是她自己动手比较妥当，就是在自己这方面，也乐得避一些嫌疑。谁知姊姊竟这么的回答，因此就没有了办法，只好拿了药水、棉花和针管子，走到床边来。常明见了这位美丽的小姨，就含了一丝笑容，低低叫道：

"菊妹，你怎么不常来我家玩玩呀？"

"在学校里时候，功课太忙；出了学校，服侍病人太忙。你想，我哪儿有空闲的工夫来游玩呢？"

菊清一面回答，一面先用药水、棉花在他手臂上擦了一擦。常明见菊清的容貌，真是有沉鱼落雁、闭花羞月之美，她两条粉嫩玉臂又白又胖，仿佛可以榨得出水来的样子，心中觉得爸爸患中风病的时候，自己第一次碰见的原是菊清，为了想爱她，所以才转起她姊姊的念头来，谁知菊清却好像是昙花一现，从此不再见面，故而反造成了和她姊姊的姻缘，可见天下的事情往往出乎意料。常明呆呆地想着，他的两眼也就望着菊清出神。菊清在给他打针，两人脸的距离当然很近，所以对于常明这种色眯眯的神情，菊清看得很清楚，芳心里不免又好气又好笑，但她故作并不注意的样子，自管一本正经地打针药。常明因为想和这位小姨多说几句话，但一时间又不知从哪一句说起，才故意眉头一皱，表示有些痛苦的神气。果然菊清中了他的圈套，立刻放松了一些针推进的速度。

"有些痛吗？"

"还好，你的手法很不错。"

常明抓住机会向她奉承了一句。菊清听了，秋波也斜了他一眼，倒忍不住嫣然地好笑。菊清叫姊姊揉摸常明臂上被打过针头的地方，她自己走到桌子旁去收拾针筒、药箱。梅郴说道：

"菊清妹妹是第一次到我家来，我去吩咐厨房里弄一些点心来吧！"

"还是不要客气，我马上就要走的。"

"妹妹，你也是难得来的，假使常明不生这个病，也不知你什么时候才会来呢！我觉得我们姊妹俩似乎太生疏一些了。"

"我不是有意生疏，因为姊姊出嫁了，爸爸更少了人手，你想，我还能分身常到外面来吗？"

"唉！养女儿终是白辛苦的事，妹妹，你姊姊真不孝顺。"

菊清这些话听到梅郴心头，她感到万分的羞愧，尤其是常明这样的不争气，她更觉得对不住爸爸，所以深长地叹了一口气。菊清见姊姊大有眼泪汪汪的样子，这就连忙说道：

"姊姊，你别这么说，将来爸爸年纪老了，还全靠姊夫、姊姊多多照顾哩！"

"常明，你瞧爸爸为了你的病，特地又叫妹妹来给你打针。世界上只有做长辈的记得小辈，做小辈的可有这样的关心长辈吗？所以你要如不好好儿争气做人，你怎么对得住人呢？"

梅邨后面这两句话是说给常明听的，菊清当然不知道其中还有这一件事情。常明恐怕秘密拆穿，所以红了脸儿，连忙说道：

"那当然啦！岳父和自己爸爸一样，况且女婿有半子之分，我们如何能忘记他老人家的好处呢？梅邨，今天绿豆汤可曾烧过吗？"

"妹妹，你坐一会儿，我到厨房里去瞧瞧。"

"姊姊，你别忙呀！我要回去了。"

"妹妹你连点心都不肯吃一些去，那你也太不把我当作姊姊看待了。"

菊清被梅邨这么一说，自然不好意思再说要走的话了，于是就在桌子旁坐了下来，梅邨遂到厨房去了。常明见房内只有他们两个人，遂笑嘻嘻地说道：

"菊妹，我希望你常来走动走动，自己的姊姊家中不走动，那不是更没有地方走动了吗？"

菊清听了微微地一笑，却没有作答。常明哦了一声，开玩笑地说道：

"我想过来了，菊妹没有空的缘故，一半固然是为了工作忙，而一半也许常和知心朋友在一块儿玩吧！所以姊姊家里自然没有兴趣来了。"

"你不要胡说八道取笑人吧！我哪儿来什么知心朋

友呢？"

菊清被他这么一说，因此不得不开口回答了，粉脸儿红得像朵玫瑰花儿似的，秋波羞答答地逗给他一个妩媚的娇嗔。常明见她这意态，真是美丽到了极点，心中不由得荡漾了一下，方欲再和她说些笑话，却见楚太太走了进来。菊清连忙含笑站起，很有礼貌地向她鞠了一个躬，低声地叫道：

"伯母，您好吗？"

"啊！我道是谁？原来是二小姐！什么时候来的？我们好久不见了。"

"刚来不多一会儿。"

"二小姐，请坐吧！难得你过来的。二小姐，你越发长得好看了，现在什么地方读书呀？"

楚太太拉了她手，显得十分亲热的样子，向她问长问短地说。菊清因为她说自己长得好看了，心里不免有些难为情，遂赧赧地笑着，一面又低低地告诉她说道：

"我这学期毕业后，就在医院里帮着爸爸做些工作。早晨爸爸来瞧了姊夫的病，也很不放心，所以此刻叫我又来给姊夫打一枚针。"

"真难为你们这样的关心，叫我们心里感激，针打过了没有？"

"针已打过了，自己人，伯母还说什么感激的话呢？"

菊清笑了一笑，也很客气地回答。这时梅邨从厨房里回来，楚太太忽然想着了似的，便对梅邨说道：

"梅邨，早晨你爸爸来诊治常明的病，我们糊糊涂涂地连诊金都还没有付过呢！现在你给二小姐一块儿带去吧！"

"伯母，您也太客气了，我们是至亲，还谈这些诊金做什么？爸爸是不肯收的。"

菊清不等姊姊开口，就先笑盈盈地回答。梅邨沉吟了一会儿，说道：

"诊金不收，那么这针药费我们是原该要付的，妹妹，这两枚针药一共多少钱呀？"

"梅邨，你这人也太老实了，你这样问她，菊妹怎么肯说出来呢？回头你给她皮包里放五十元钱就是了。"

常明听梅邨这样问她，遂在床上插嘴回答。菊清见姊姊果然数了五十元钞票，要藏到自己皮包里去，这就把皮包抢了回来，说道：

"这么多干吗？难道我们还赚钱不成？好吧！我也不和你们客气，就付二十元钱吧！"

"不会太少吗？"

梅邨连忙向她问着，菊清摇摇头，伸手就接了二十元钱，这才藏入皮包里去。这时小茵端上一盘什锦冷拉面来，放在桌子上，把筷碟分在桌子四周。楚太太拉了菊清手，大家在桌旁坐下，梅邨陪着妹妹也吃了一点儿。正在这当儿，常明的妹妹姗姗从学校里回来了。她一走进哥哥的卧房，也来不及向菊清招呼，便先愤愤地告诉道：

　　"上海中日军已经开战了，你们知道了没有？"

　　"啊！这消息可是真的吗？"

　　菊清一听这话，立刻放下手中的筷子，猛可站起来，粉脸失色地向她急急地问。楚太太原是坐在她身旁，这就拉了拉她手，说道：

　　"二小姐，上海虽然开战了，但是我想一时里还不至于会打到杭州来，所以你不要这样的害怕呀！"

　　"我倒不是害怕打仗，因为我二哥还在上海大学里读书没有回来呢！"

　　"是的，我二弟还在上海呢！他这人真也糊涂，一听上海风声不好，不是早就应该回家来了吗？"

　　梅邨皱了眉尖儿，也很忧愁地说。楚太太见她们姊妹俩脸上都罩了不安的愁云，遂只好安慰着她们说道：

　　"你们不要着急，也许他明天就回来了。"

"沪杭路客车早已停驶了，此刻车站上情形很紧张，他怎么还回得杭州来呢？"

姗姗心直口快地告诉说，她也表示代为焦急的样子。菊清很难过地愕住了一会儿，拿了她的皮包，说道：

"我要回去了。"

"妹妹，你把这消息还是不要给爸爸知道了好，因为他老人家上了年纪，恐怕会急得受不住的。"

"二小姐，吉人天相，你哥哥一定太太平平不会发生什么意外不幸的。我说你也不要急急地就回家去，事到如此，急着也没有用呀！你是难得到我家来的，我说你就吃了晚饭再走吧！"

"菊妹，我妈这话说得很不错。你就在我家多玩一会儿走吧！"

常明听菊清要回去了，心里也是很感失望。所以一听妈这么地留她，立刻也急急地劝留她。姗姗不等菊清开口，便也说道：

"这倒是我的不好了，不该回来告诉你们这个消息，叫你们心里难过。"

"呀！你别这么说呀！那如何能怪得了你？"

"你不怪我，你就用了晚饭走吧！"

姗姗微微地笑着，秋波逗了她一瞥温情的目光。菊清这就很不好意思再要说走了，只好又坐了下来。姗姗方才理会到似的，奇怪地问道：

"哥哥怎么睡在床上呀？病了吗？"

"可不是？早晨我爸爸也来给他诊治过了，此刻妹妹也是爸爸吩咐她来给你哥哥再打一枚针呢！"

"哦！哥哥生的什么病啊？"

姗姗听了嫂嫂的话，方才明白过来似的哦了一声，一面又低低地问着。梅郱俏皮地一笑，望了常明一眼，说道：

"一冷一热，总是他自己不小心呀！"

"受了些感冒，没有什么关系，睡一两天也就好了。"

常明恐怕梅郱再要露出马脚来，所以慌忙补充着回答，表示他无非生一些小病而已。这时楚太太连连地请菊清快吃冷拌面，一面也叫姗姗来陪着吃些。菊清免不得意思的，稍许吃了几筷子，又坐了一会儿，方才匆匆告别地回去了。

晚上，楚太太把梅郱叫到一间厢房里，这儿静悄悄的，没有第三个人。楚太太方才温颜悦色的表情，望着梅郱，低低地说道：

"梅邨，你们小夫妻在闺房中的事情，我本来是不愿多管闲事的。但常明这孩子太小孩子脾气了，所以有时候，一切还得你小心地管教他才好。否则，传扬开去，被外界也笑话哩！"

梅邨听婆婆这么地叮嘱，她一时又羞又恨，心头别别地乱跳着，连耳根子都涨得血红的了。不过事到如此，她觉得自己再要受委屈下去，那也未免太不值得一些了。所以含了哀怨的目光，瞟了楚太太一眼，微微地叹了一口气，说道：

"婆婆，您误会了，常明这个病，是他昨夜在外面自己招来的。"

"什么？你……这话可是真的吗？"

楚太太吃了一惊，忍不住急急地问。梅邨于是把常明昨夜在两点多才回来的话，向她告诉了一遍。楚太太连忙握住了她的手，赞美地说道：

"梅邨，你真是一个大贤大德的好媳妇，险些我们还委屈了你哩！这孩子太荒唐了，我非好好儿地教训他不可。"

"婆婆，他已向我讨饶过，说下次再不敢荒唐了，所以我希望他能够改过做人，此刻他病着，我们就别提这事了，等他明儿病好了，婆婆教训他一顿就是了。"

楚太太听梅邨这样说，心中益发十二分地敬爱她了，情不自禁啧啧地称赞了她一会儿，一面又恨恨地埋怨着常明，说他生病受苦，也就活该的了。婆媳两人谈了一会儿，方才各自回房安睡去了。

第二天早晨，梅邨见常明身上的热度仍旧很高，她心里十分着急，遂向楚太太告诉了一声，她又坐了汽车到爸爸那儿去求救了。

第四回

甜情蜜意愿早结并蒂

　　菊清回到家里，已经五点敲过。门诊的病人都已散去。齐国良和罗文达坐在诊病室内，休息着谈天。国良见女儿回来，便先开口问道：

　　"菊清，你姊夫的病可曾好一点儿吗？"

　　"热度还是很高，我给他注射了一针，看他明天的情形怎么样再作道理吧！"

　　"明天他假使热度还是不肯退去的话，我想叫他住到医院里来诊治，那我就可以随时地治疗他了。"

　　菊清听爸爸这么说，却也没有表示什么意见。她红红的粉颊上似乎又笼罩了一丝忧愁的表情，望了爸爸一眼，说道：

　　"爸爸，听说上海已经开战了，您知道这消息吗？"

"嗯！我知道。"

齐国良沉着脸色，点点头回答。菊清惊奇地问道：

"爸爸，您没有到外面去过，您怎么也知道了呢？"

"傻孩子！难道一定要到外面去过了才能知道吗？告诉你吧，你哥哥从上海刚有封信到来哩！"

"哥哥信中说些什么呀？我也正在急着他呀！上海开战了，他可怎么办？"

菊清又着急又欢喜的样子，慌慌张张地问。国良遂把写字台上的那封信交到菊清手里。菊清抽出信笺，连忙读道：

爸爸，久未来信问安，甚为想念，敬维福体康泰为颂。自七七卢沟桥事变发生以来，上海形势也日趋恶化，据可靠消息，上海市政府已迁移到枫林桥。松江一带，我军已有二十余万，可见政府已决定与敌抗战了。今天是八月十一日，我与同学数人曾到北四川路去巡视一周，果然见来去车马，里面所载的均为箱子铺盖。搬场汽车，在马路上驶行占十分之七八，自施高塔路至蓬路，两旁商店早已打烊，完全入战时状态。虽然天空中尚炎日高悬，但睹此恐怖景象，也令人不寒而栗，至为凄凉。想此次战争爆发，乃是我国存亡之最后关头，我辈青年，身为国民之一，岂能不奋发自强为国效劳乎？故我同学数人，已决定投笔从戎，而脱离上海，前去受训，唯恐爸爸记挂，特来函奉告，想爸爸思想超人，当亦不怨此行为之不孝也。敬请

福安！

菊清瞧完了这一封信，忍不住啊呀了一声叫起来，好像非常着急的样子，抖着两手，眼泪汪汪地说道：

"爸爸，哥哥他……当兵去了呀！那……那……不是太危险了吗？"

"小良说的话很不错，这次战争爆发，乃是我们国家存亡之最后关头，一个有志气的青年，怎么还能够贪生怕死地苟安下去呢？所以我赞成小良的行动，他才不愧我的好儿子呢！"

国良却微微地一笑，很欣慰地说出了这几句话。菊清听了，想到自己的胆小，不免有些羞愧的颜色，于是放下手中的信笺，也就不再说什么话了。这时香妮走进来，说二小姐回来了，可以洗浴去了。菊清点头答应，

遂匆匆地到楼上去了。国良等她走后，望了文达一眼，说道：

"菊清平日的思想也很前进的，可是女孩儿家心灵究竟是脆弱的，她听了小良当兵去的消息，也会感到害怕哩！"

"这是兄妹间感情深厚的缘故，我说这倒怪不了她。"

罗文达表示同情菊清的意思，微笑着回答。国良拿起了烟斗，划了火柴，慢慢地吸着斗烟，沉吟着说道：

"上海一开战，我以为战事就会有蔓延到全国的可能。比方那么说，杭州也变成了战区的时候，那你预备怎么打算呢？"

"我觉得我们做医生的完全以救世为目的，假使在枪林弹雨之中，我始终还是干着给世人解除痛苦的工作，不知道老伯的意思以为怎么样？"

"不错，所以我已打定主意，就是炮火响到了这里，我也绝不离开杭州这个老家。倘然你也有这个主意，那么我希望你始终给我做一个助手。"

"只要老伯需要我的话，我当然终身跟随在老伯的身旁。"

国良听他这样说，心里非常欢喜，情不自禁地走过去，和他手儿紧紧地握了一阵，表示两人合作到底的意思。

夏末秋初的季节，天日特别的长，所以吃过晚饭之后，天色也还没有黑暗下来。菊清禀明了父亲，约了文达一同到湖滨公园去散一会儿步。国良也看得出他们之间的感情很好，因为文达是自己看重的青年，所以对于他们的亲热反而感到十分喜悦。自然，他们一块儿出去游玩，这是没有不好的道理。

湖滨公园里的游人很多，都是三三两两的青年男女，不是携手偕行，就是促膝谈心，每个人的脸上都浮现着热情的笑意。文达拉了菊清的手，一同在树蓬下的长椅子上坐下。菊清向四周望了一眼，似乎很感慨地叹了一口气，低低地说道：

"你瞧这儿四周的情景，好像还是一个乐园似的，哪儿想得到上海已经是炮声隆隆了呢！假使炮声响到这里来了，真不知又是怎么的一番样子了呢。"

"对于这个问题，刚才你爸爸对我也讨论过，我们的意思，都不愿离开杭州。假使在枪林弹雨之中救人的性命，那不是更有意义吗？"

"你们不离开杭州，我当然也跟在你们的身旁。"

"否则，你预备怎么打算呢？"

"我想哥哥这么有勇气地投笔从戎去了，那么我们不是也应该为国家去出一份力吗？所以我倒有意思和你一同到战地服务去。"

　　"你这意思很好，不过我们走了之后，你爸爸一个人未免太孤独一些了。他老人家已经快六十岁了，所以我们应该侍奉在他的身边才好，你说是不是？"

　　"我就是也想到了这一层问题，所以我这意思没有在他老人家面前说出来。要不然，他心里一定会难过。"

　　菊清蹙了细长的眉毛，低低地说。罗文达把她纤手温情地抚摸了一会儿，点点头，却没有作答。两人静默了一会儿，文达忽然把话题拉扯到别的地方去，微笑着问道：

　　"你今天才算到姊夫家里去过了，他们待你客气吗？"

　　"我给他治病去的，怎么还敢待我不客气呢？"

　　"他们住的地方很不错吧？房间里家具是不是红木的？"

　　"你问这些做什么呀？"

　　罗文达问出这两句话，那叫菊清心头倒是感觉奇怪起来，秋波脉脉地凝望着他，猜疑地反问他说。文达红了脸，支吾了一会儿，才低低地说道：

"假使我们结了婚，那就比不上像你姊夫那么好的环境了。"

"你这话是什么意思？难道你把我当作一个爱好虚荣的女子看待吗？假使你以为我欺贫重富的话，那你马上还可以去另找一个好对象。"

菊清气愤地说出了这两句话，想想有些心酸，眼皮儿一红，却是流下眼泪来了。文达这就急得满头大汗的神情，说道：

"菊清，你不要误会呀！我并不是这个意思呀！"

"那你是什么意思呢？"

"我的意思是……"

"是什么呀？干吗吞吞吐吐呢？难道有什么不好对人告诉的话吗？"

菊清泪眼盈盈地逗给了他一个娇嗔，还表示有些生气的样子。罗文达抓抓头皮，有些不好意思地沉吟了一会儿，方才低低地说道：

"你虽然是这么的爱我，但你爸爸心里不知道可赞成？就是他也赞成的话，我也不知道什么时候才有力量可以举行婚礼。倘然马虎了一些，我觉得太委屈了你。而且你姊夫瞧到了，说不定还会讥笑我们呢！我想到了这个问题，所以心中是常常地感到了忧愁和烦恼。"

"你这人也太会自寻烦恼了，结婚是我们两人的事情，这和旁人又有什么关系呢？我不是早就跟你说过了吗？我爱穷，我爱嫁给贫穷的丈夫，我根本不怕什么人来讥笑我。只要爸爸不说话，谁还能来阻挡我们的相爱呢？不过，我觉得我还年轻，结婚似乎还太早，难道你就不能再等待两年吗？"

罗文达见她偎靠了自己身上，说到后面，有些赧赧然的，粉脸红得像朵玫瑰花那么的艳丽，这就拉了她手，笑道：

"你的年纪确实还轻，不过我的年纪可不轻了呀！假使你真心地爱上了我，那你当然也得为我着想呀！"

"嗨！原来你是等不及的急于需要结婚了吗？真是个老面皮，假使我不爱你呢？你预备怎么办？"

菊清听他这样说，方才猛可地理会过来了，暗想：我这人说话真有些自私，照我年龄而说，就是再过五年结婚，那也不算迟。但文达若再过五年，不是已经三十一岁了吗？那就无怪他急于需要结婚了。菊清心里虽然很表同情地想，但表面上却啐了他一口，还拿手指画到他脸上去羞他。文达的两颊，也红得像喝过了酒似的，笑道：

"你若不爱我，那我倒死去了这一条心。既然承蒙你可怜我，偏偏地爱上我，那我的意思，就很想早一些和你结婚。"

"你这意思，有什么充分的理由呢？"

"第一个理由，战事爆发之后，将来兵荒马乱，一定到处都不太平，那么早些结婚，也可以放下一头心事。第二个理由，我们结了婚后，我和你爸爸就有岳父和女婿之关系了，那么我们就是在一块儿，也不会给旁人说闲话了。你想，这两个理由不是很充足吗？"

罗文达一面说，一面拉了她手，轻轻地抚摸着，表示那一份温情的样子。菊清低了头，却是默默地想了一会儿心事，并没作答。文达接着又低低地问道：

"菊清，你怎么不回答我呢？"

"我想回家去和爸爸商量商量之后，再给你答复可好？"

菊清方才抬起头来，秋波乜斜了他一眼，羞答答地回答。文达很感激她似的笑了一笑，说道：

"不过，你可住得惯那些简陋的屋子吗？"

"你又说这些话了，假使我也和姊姊一样爱好虚荣的话，我如何还会答应嫁给你？只要爸爸肯给我们结婚，我总可以给你称了心愿。"

"你猜你爸爸会不会成全我们一对呢？"

罗文达见她秋波水盈盈的真有说不出的妩媚可爱，一时心里不住地荡漾，凑近一些脸过去，低低地问。菊清羞涩地一笑，说道：

"我猜爸爸一定会成全我们的，因为他老人家平日说起你来，总会赞美你是个忠厚诚实的好青年。"

"假使有一天我们两人能够洞房花烛了，这叫我心中真不知道该快乐到何种程度才好呢。"

菊清见他如醉如痴的样子，一面笑嘻嘻地说，一面把手来抱自己的肩胛，这就得意扬眉地啐了他一口，忍不住也赧赧地笑了。文达这时鼻管里闻到一阵如兰如麝的香味，从菊清身上发散出来，他更加有些神魂飘荡地把鼻子几乎碰到她粉颊上去，笑道：

"好香，好香，你身上洒了不少的香水精吗？"

"别胡说八道地乱讲吧！我身上从来也不用香水精的。"

"那么你身上这香味是哪里来的？"

"谁知道，我根本没有什么香，还不是你造的谣言！"

"真的，我没有造谣言。哦！对了，那一定是所谓处女香了。"

罗文达一本正经的表情，哦了一声，忽然想着了似的回答。菊清伸手打了一下他肩胛，恨恨地逗给他一个娇嗔，忍不住抿了嘴也哧哧地笑了起来。常言说道：花是将开的红，人是未婚的好。这句话就一丝也不错。瞧他们这一对情人，并肩而坐，笑语盈盈，真所谓郎情如水，妾意如绵。真不知羡煞了多少还未尝过恋爱滋味的青年男女哩！

夜之神狰狞着面目终于踏进了整个宇宙，使大地上美丽的风景，在黑漆漆的空气里模糊得看不清楚了。菊清伸手理了理被夜风吹乱了的云发，站起身子，低低地说道：

"我们还是回去吧！时候不早了。"

"好的，已经九点多了，再不回去，你爸爸以为我把你拐了。"

罗文达一面看了一下手表，一面跟着站起，笑嘻嘻地说。菊清白了他一眼，笑着说道：

"这一点我爸爸倒相信你的，因为你是一个老实人。不过……照我眼睛里看来，你在我面前老是那么的顽皮，可见你也不是一个真正的老实人！"

"在过去我对你从来不说笑话，现在就不同了。"

"有什么不同呀？"

"过去我一本正经想做你的……"

"是不是想做我的姊夫?"

菊清不等他往下说,就笑盈盈地代为说出来,而且还逗了他一瞥神秘的媚眼。罗文达被她这么一说,心里不免有些感触,忍不住微微地叹了一口气,说道:

"你这时候还拿这些话来挖苦我。"

"谁挖苦你?你不想做我的姊夫,那你要做我的什么人呢?"

"我本来想做你的老大哥,谁知道现在我竟做你的……"

罗文达说到这里,他心中又甜蜜起来,微微地一笑,却有些不好意思的样子。菊清雪白的牙齿,微咬着红红的嘴唇皮,粉颊上也浮现了甜蜜的笑,故意低低地问道:

"做我的什么人?是不是还想做我的姊夫呢?"

"该打,我要做你亲爱的丈夫哩!"

罗文达轻轻地打了她一记手心,接着向她直接地说出了这一句话。菊清嗯了一声,顽皮地向他扮了一个兔子脸,于是两人都得意地笑了起来。

到了济民医院门口,两人站住了步,都有些恋恋不舍的意思。菊清情意绵绵地瞟了他一眼,低低地说道:

"要不要再到里面去坐一会儿呢?"

"不好意思再进去坐了，回头你爸爸要笑我的。"

"笑什么？是不是笑你成个呆女婿了？"

菊清也有些得意忘形地说，但既然说出了口，倒又难为情得绯红了两颊，垂下了粉脸儿来。文达笑过了一会儿，方才拉拉她的手，低低地说道：

"菊清，明天我想请假一天。"

"为什么？"

"因为你今夜不是预备和爸爸去商量我们结婚的事情吗？那么明天我见到你爸爸的时候，不是很难为情吗？"

"难为情？省省吧！我瞧你这张厚面皮还怕什么难为情呢？况且明天不见我爸爸，后天还是要见的，总不能就此一辈子不见我爸爸了呀！所以我说你明天只管照常地来院工作，你只当没有这一回事情好了。"

罗文达沉吟了一会儿，方才含笑点点头，和她握了握手分别回家去了。这儿菊清敲门入内，香妮开门，似乎有些神秘的样子，含笑叫道：

"二小姐，你回来了。"

"嗯！老爷睡了吗？"

菊清被她笑得有些难为情，遂红晕了脸，搭讪着问。香妮回答说老爷已到楼上房中去了，却不知道他可

78

曾睡了没有。菊清于是三脚两步急匆匆地奔到楼上，推开爸爸的卧房，见他老人家坐在洋台口边的沙发上，在一盏落地柱灯旁静静地看书。于是低低叫了一声爸爸，接着天真地跳到沙发旁，坐在沙发臂膊上，一手按了爸爸肩胛，笑盈盈说道：

"大热的天气，爸爸您辛苦了一整天，还不想休息休息吗？"

"孩子，你爸爸能够安安闲闲坐下来看书，这就是在休息了呀！"

国良放下书本，把她手拉来很慈祥地抚摸了一会儿，笑着回答。一面又接着问道：

"你和罗医生在哪儿玩了一会儿？"

"在湖滨公园里散了一会儿步……"

菊清秋波盈盈地逗了国良一个媚眼，她想开口和爸爸商量自己的婚事，但到底因为害羞而支支吾吾的说不出口来。国良见女儿红着粉脸，好像欲语还停的神气，心里不免暗暗奇怪，遂低低地问道：

"孩子，你有什么事情要和爸爸说吗？"

"事情是有一些，但我不敢说出来。"

菊清被父亲这么一问，两颊益发海棠花般娇红起来，故作顽皮的神情，笑嘻嘻地说。国良更加奇怪得目瞪口呆，正经地问道：

"到底是什么事情呢？你只管说出来，爸爸不会见怪的。"

"爸爸，嗯！啊！叫我怎么样说才好呢？"

国良见女儿那种羞答答的表情，一会儿嗯，一会儿啊，结果，却仍旧没有爽爽快快地说出来，心中这就猜到了几分，望着她娇艳的粉脸，笑道：

"我已经有几分猜到了。"

"爸爸，您猜到了，那很好，您就代我说出来吧！"

"可是，我还不知道猜得对不对？"

"爸爸，您就说出给我听听吧！"

国良见女儿天真顽皮的样子，他忍不住呵呵地笑起来，拍拍她的手十分喜悦地说道：

"我猜罗医生他一定爱上了你，是不是？"

"咦！爸爸，您……怎么知道的呀？"

菊清被父亲一句话直说到心眼儿上去，一时又羞又喜，赧赧然的表情，却惊奇地问。国良在袋内摸出烟斗来，菊清慌忙给他燃着了火，一面又笑盈盈地问道：

"爸爸，您说我该不该接受他的爱呢？"

"这还有什么不该的道理呢？对于你们这头婚姻，爸爸完全赞成。"

国良吸了一口烟，把烟圈儿吐去了之后，很得意地回答。菊清芳心里这一欢喜，真所谓把心花儿也朵朵地乐开了，遂亲热地偎了爸爸肩头，娇羞万状地红了脸，低低地说道：

　　"爸爸，可是罗医生 …… 他 …… 想预备结婚，您……瞧女儿的年纪是不是还太小？"

　　"哈哈！菊清，你也有十八岁了，一个十八岁的姑娘，结婚也不算太早吧！我答应你们现在结婚，也好叫我放下这头心事。"

　　菊清问得那么的有趣，这倒叫国良又忍熬不住大笑起来，遂拍拍她的肩胛，表示毫无阻拦他们的意思。菊清却又沉吟了一会儿，低低地说道：

　　"可是，我舍不得离开爸爸。"

　　"那我们可以想一个两全其美的办法。"

　　菊清说着话，把纤手顽皮地抚摸着爸爸的脸。国良连连地吸烟，想了一会儿后，抬头望了她一眼，接着说道：

　　"罗医生这个人才我向来很看重他，当初我的意思，原想把你姊姊嫁给他的，可是你姊姊却嫁给了楚常明。这是各人终身幸福的问题，所以我也并不参加什么意见。现在你既然也愿意和罗医生结婚，那我当然非常欢

81

喜。刚才我也曾经和罗医生谈起战事若蔓延开来作何打算的问题，他的意思预备永远跟着我为人群谋幸福。此刻我想起来，他大概也是因为爱上你的缘故吧！所以那当然是很好的事情啰！我想你们结婚之后，就住在我的身旁，这样子我固然永远地有了帮手，就是你也永远不会离开爸爸，这在我们三个人说来，都是件两全其美的事情呀！你说好不好呢？"

"爸爸这样地爱护罗医生和女儿，那叫我们心中真是太感激您了。不过，我们结了婚之后，住到这儿来，明儿给我二哥知道了，他心中不知道会不会生气的？所以我认为这倒也是一个问题哩！"

国良见女儿年纪轻，却也考虑得非常仔细，遂微微地一笑，望着她的娇靥，低低地说道：

"那完全不成问题，你尽管放心是了。你二哥是个很孝顺的孩子，他自己为国出力去了，他若知道你能代他来侍奉我照顾我，恐怕他心中还十二分地感激你哩！"

"爸爸，那么您明天就把这意思向罗医生说吧！"

"好的，我有你们这一对好女儿好女婿在身边帮助我，我心里是多么的安慰呢！"

"我有您这么一个好爸爸，女儿心中也多么的快乐呢！"

菊清一面说，一面却顽皮地把小嘴儿在国良面颊上吻了一下，忍不住咪咪地笑着逃回到自己卧房里去了。国良也笑起来，说了一声淘气的孩子。他慢慢地站起身子，伸手打了一个呵欠。一见时候快十一点钟了，这才走到床边去，熄灯安寝了。

次日，国良起来，还只有七点敲过。他走到楼下诊病室内，出乎意料的，罗医生却已经到来了。这就咦了一声，笑道：

"罗医生，今天这么早啊！"

"睡不着，所以早些起来，就早些到来了。"

罗文达红了脸儿，似乎担着虚心的样子，低低地回答。但国良听了，觉得这孩子真有些老实，遂忍不住笑起来了，说道：

"我告诉你一件事，你今天晚上准会睡得着。"

"啊！什么事呀？"

罗文达听他这样说，知道婚事没有问题了，他心里欢喜得什么似的，忍不住啊了一声叫起来。但他表面上还故作莫名其妙的样子，低低地问。国良笑了一笑，遂把菊清昨夜对自己说的话，并把自己心中的意思，向他详详细细地告诉了一遍，并且又低低地问道：

"罗医生，你觉得我这个办法好不好呢？"

"老伯这样地抬举小侄，小侄真是感激万分，那如何还有什么不好的道理呢？只不过小侄能力薄弱，未免委屈了二小姐罢了。"

"不要这么说，男女间的彼此相爱，完全是至诚真挚的，绝不是为了身外之物的金钱关系。菊清不是个虚荣的女子，那我倒可以相信她的。"

两人正在说话之间，忽见梅邨急匆匆地奔了进来。她见了父亲，有些眼泪汪汪的样子，口吃了语气，说道：

"爸爸，常明身上的热度还没有退呢！那可怎么办？你……此刻就再劳驾一次，跟我去给他诊治吧！"

"梅邨，我的意思，你就把他送到这儿来住院吧！那我就可以随时地给他打针服药了。"

"这样也好，那么我马上就去送他来吧！"

梅邨沉吟了一会儿，觉得爸爸这主意原也是一番好心，于是点点头回答。她立刻翻身出外，匆匆地坐了汽车又回到家里去了。

第五回

异想天开为报复自取其辱

　　这几天已经是有些秋天的寒意了，风儿吹在脸上，多少也包含了一些凄凉的意味。病房的四周是静悄悄的一丝声音也没有，只有窗外的树叶被风吹动着发出了飒飒的音韵，听在床上睡着常明的耳朵里，更有些凄寂的感觉。就在这静悄悄的时候，菊清拿了一杯药水，轻轻地走进房来，挨到床边，方才低声地叫道：

　　"姊夫，我先给你试试热度，然后喝了药水吧！"

　　"哦！菊妹，对不起，为了我的病，天天辛苦了你。"

　　常明回头见了菊清，连忙含了满面的笑容，低声感谢地说。菊清把量热表放在他的口里，微微地一笑道：

　　"这是我做看护应尽的责任，你别说这些客气话吧!"

常明因为有了试热表衔在口里，自然不能开口说话，只把两眼望在她粉脸上呆呆地出神。菊清被他看得有些难为情，红了脸，假装并不理会的管自注意到手表的长针上去了。过了三分钟后，菊清才把试热表从他口里取出，看了一会儿。常明先急急问道：

"还有热度吗?"

"你热度昨天就没有了，爸爸说，明天可以出院了。"

"哦! 真是谢天谢地，这次的病，足足有了两个月的日子，要不是你小心地看护我，我心里真是太痛苦了。"

"有什么痛苦呢? 姊姊不是天天来望你的吗?"

菊清秋波乜斜了他一眼，一面抿嘴嫣然地笑，一面给他喝药水。常明喝了药水后，微微地叹了一口气，说道：

"她来望我有什么用呢? 她的脾气哪里及得来你的温柔呢?"

"你这话当心让姊姊听见了，那可不得了!"

菊清见他色眯眯的样子，心里不免有些生气，一面警告他说，一面回身要走。不料常明伸手却把她拉住

86

了，低低地说道：

“菊妹，你别走呀！我有话跟你谈谈哩！”

“有什么可谈的，我还有许多事情呢！”

“让我说一句话，你再走好吗？”

“你说吧！别拉拉扯扯的，被人家见了，像什么样子？”

“姊夫和小姨拉拉手那又有什么关系呀？”

常明见她一本正经地说，遂嬉皮笑脸地回答，这种神情多少包含了一些浮滑的成分。菊清很不高兴地挣脱了他的手，向外就走，说道：

“你这人只配生病生得厉害一些，那么躺在床上就很安静了。瞧你才好了一些，就胡说八道地满嘴里乱嚼了。”

“菊妹，你别走呀！我正经的话还在后面没有说出来呢！”

“那么说吧！到底有些什么事情？”

“记得第一次我倒是先碰见了你，那时候我心里就爱上了你，所以我才想出请你做特别看护的主意来。谁知道你还在读书，结果，我和你姊姊爱上了。不过，我心里最最爱的，还是你菊妹呀！难道你没有明白我这一番痴心吗？”

菊清听他大胆地竟说出了这几句话，一时又好气又好笑，立刻又走到床边来，伸手按着他的额角，俏皮地道：

"你身上莫非又有热度了吗？"

"没……有呀！我……我的病完全好了！"

"既然没有热度，如何昏昏迷迷地说出这些热话来呢？"

"菊妹，你不要误会，我说的完全是真心话，我心里爱的原是你，我和你姊姊无非是弄假成真才结婚的。菊妹，这次我的病，也是为了你而生的，因为我终日相思你，所以我便病起来了。"

常明胡说八道的一连串鬼话，听到菊清耳朵里，不由得恨恨地恼怒起来。柳眉一竖，秋波逗了他一个白眼，冷笑地说道：

"你这人说话简直在大放其屁了，那么你和姊姊结婚，难道是存心把我姊姊当作玩物看待吗？哼！我老实对你说，你想来爱上我，那你真在做梦。告诉你，后天就是我结婚佳期，你有空来吃我的喜酒吧！"

"啊！什么？后天你要结婚了吗？对方是谁呀？"

"对方是我最心爱的情人，当然不会是你啰！"

菊清怪俏皮地回答，她这会子故意又咻咻地笑起来

88

了。常明听了这个消息之后，满面显出失望的样子，深深地叹了一口气，说道：

"这是什么人呀？竟有如此好福气能娶你做妻子呢？那不是前生敲碎了十七八只的木鱼才修来的吗？唉！我太福薄，我做人还有什么滋味呢？"

"姊夫，我觉得你这人说话太不知足，而且又太没有情意了。像我姊姊哪一处生得不好？老实说，你当初若不是千方百计用尽手段地去追求姊姊，我姊姊恐怕还不会嫁给你呢！既然把我姊姊追求到手了，照理说来，你应该尽丈夫的责任，去爱护她，去怜惜她才好。谁知道你见一个爱一个，今天又想爱到我的头上来了，那你这人不是太没有心肝了吗？我现在好意地劝告你，你绝不能贪得无厌，虽然你很有钱，不过金钱是买不到真爱情的。你应该把你的热情，完全爱到姊姊的身上去，那么你们夫妇之间才会有快乐幸福的家庭。否则，你将来就懊悔不及的了。"

在菊清的意思，本来要把常明痛痛快快地责骂一顿，以消心头之恨，但恐怕事情闹开来之后，使姊姊和他夫妇之间会发生一种感情上的裂痕，所以她为了顾全他们幸福起见，竭力耐住了愤怒，还温情地拿了这些话去劝告他。常明听了，良心似乎有些发现，他满面显现了羞愧的红晕，却呆呆地说不出什么话来。菊清于是不再多说，就匆匆地走出病房外来。

这是出乎菊清意料的事情，谁知在病房门口却遇见了姊姊梅邨，一时倒吃了一惊，芳心不免别别地乱跳起来，遂镇静了态度，低低地叫道：

"姊姊，你刚来吗？姊夫病已好了，明天可以出院了。"

"哦！他赶着好起来吃你的喜酒呀！"

梅邨淡淡地一笑，低声回答。菊清有些难为情似的红了脸儿，秋波逗了她一个娇嗔，便笑着回到诊病室里了。梅邨于是走进病房，在常明病床边坐下，向他望了一眼，俏皮地说道：

"你的病好了，心中又在操野心思了吧？"

"哪……里？哪里？梅邨，你别开玩笑呀！"

常明的心像小鹿似的乱撞，他全身一阵燥热，两颊像喝过酒般地绯红起来，慌忙口吃着语气，急急地辩白。梅邨又俏皮地说道：

"你的脸色为什么又这样红了？莫非热度又升上来了吗？"

"不！不会的，我明天要出院了，你心里高兴吗？"

"嗯！我太高兴了，因为我有了你这么一位多情的

90

好丈夫，那叫我心中如何还不高兴呢？哈哈！哈哈！"

梅邨一面说，一面却失常地狂笑起来，她粉脸有些灰白的颜色，她的神情显得非常悲痛。常明担着虚心，他非常害怕，拉了拉她手，低低地说道：

"梅邨，你怎么啦？"

"我没有什么，我……十分地悔恨，我……觉得我是走错了路！"

"梅邨，我不懂你这话是什么意思。"

"你懂也好，你不懂也好，反正我已经上了人家的当！"

"你……这是什么话？梅邨，我……对你没有什么不良的存心呀！"

常明见梅邨神色有异，好像她在房门口已经偷听到自己刚才向菊清求爱的秘密似的，这就非常着急，连忙向她急急地辩白着说。梅邨突然冷笑了一声，恶狠狠地白了他一眼，说道：

"你对我没有不良的存心，所以你才会异想天开地要爱到我妹妹身上去呀！哼！原来你对我都是假情假意，完全欺骗我。你和我结婚，是弄假成真的，你心中所爱的，原不是我，这些话全都是你自己说的，我可没有听错呢！我今天才知道了你的狼心狗肺！我……这种苦处向谁去诉说好呢？我简直是瞎了眼睛，才会被你这么玩弄！"

原来梅邨躲在房门外的时候，她把常明追求菊清的话全都听到了。你想，她是多么痛心呢！因为妹妹对待常明的态度是十分合理，而且还非常为自己着想，所以她当然怨不了妹妹。她只恨自己当初爱慕虚荣，丢了罗医生，而接受了这个狠心人的爱。到如今真所谓哑子吃黄连，心中的苦处，竟没有人可以诉说。她一时心痛已极，因此再也忍熬不住地掩了粉脸，悲悲切切地哭起来了。常明被她这么一哭，心中自然万分着急，遂坐起身子，拉拉她手，说道：

"梅邨，你不要哭呀！我……和你妹妹是说着玩笑的，哪里是真的向她求爱呢？你……千万不要误会吧！"

"误会？哼！常言道，耳闻是虚，眼见是实，我亲眼发现了你的秘密，你还抵赖到什么地方去？"

梅邨虽然是停止了哭泣，但她眼泪依然滚滚地落了下来，秋波含了无限怨恨的目光，白了他一眼，向他责问。常明假装温情的举动，拿手帕去给她拭泪，低低地又说道：

"我完全是和菊妹闹着玩的意思，你若一定要把我说笑当作认真的话，那我明天可以给你写悔过书。"

"哼！第一张悔过书还没有写哩，怎么又写第二张了？老实说，就是写一百张又有什么用？你根本是个见花折花的色鬼，我现在可不能饶放你，非和你吵到爸爸那儿去不可！"

"何苦来？何苦来？小夫妻淘里只能吵着玩玩的，若认真起来，那究竟不大好听吧！梅邨，我亲爱的太太！你不要生气，我心中也很明白，这两个月来的日子，你也够苦闷了。我想今天就出院了，晚上我就好好儿安慰你一番，那你总可以不必怨恨我了。"

常明一味地显出小花脸的样子，向她低声下气地说着好话，说到后面，伸手去抱住了她，还表示要吻她的神气。梅邨心里只怨这头婚姻是自己看中的，若真的闹开来，实在也没有什么面子。况且做丈夫的既然赔不是说好话了，假使一定要板面孔地认真到底，又有什么好处呢？梅邨这样地想着，因此委委屈屈地也只好不再和他计较了，不过却还恨恨地推开了他，冷笑着说道：

"谁和你嬉皮笑脸的！真是个不要脸的厚皮！"

"你要骂只管骂，要打只管打，可不要生气，我心里就高兴了。"

"你今天能出院吗？"

"我要安慰你那颗寂寞的心，我当然预备今天

93

出院!"

常明兀是油腔滑调的样子,望着她嘻嘻地笑。梅邨倒不由红了脸,啐了一口,说道:

"老实跟你说,我不愿你再和菊清搅在一起了,所以我非叫你今天出院回家不可。"

"好吧!我们此刻就回家去。其实,你只管气量放大一点儿,菊清后天要结婚了,难道她还会来爱上我吗?"

"她结婚了,你心痛不心痛?"

"她结婚和我有什么关系呢?要我心痛吗?这才是笑话呢!好了,废话少说,我这儿真的也住得腻了,还是马上回家去的好。梅邨,你打个电话去,叫家里用汽车来接我吧!"

梅邨听他这样说,当然点头答应。于是来到诊病室,和爸爸说明了后,打电话到家里,吩咐阿三开车来接他们夫妇回家去了。

这天晚上,常明要向梅邨讨好,温情蜜意地对她赔不是告饶。梅邨因为他刚刚复原,为了爱惜他的身子,反而安慰他说,夫妻往后日子正长,何必如此着急呢?其实常明本是个好色之徒,他已经有两个月不曾问津了,所以今夜和一个美丽的妻子睡在一起,他是多么的需要呢！因此对于梅邨这一番好心，反而恶意猜了。还以为她是故意地刁难自己，心中暗暗恼恨。单等梅邨睡熟之后，他便悄悄地起床，到电话间里打电话给方曼静去了。

方曼静自从那夜和常明分手之后，心里自然念念不忘，谁知常明一去之后，消息沉沉，再也不见他的影子了。她向皇宫舞厅里一打听，方才知道常明是生了病，住医院去了。她本来是个门户开放的女子，对于男子多多益善，原不足稀奇。常明既然生病，这两个月当然又另外找对象了。此刻突然接到了常明的电话，心中万分欢喜。因为她打了几次游击战，总觉得不及常明的美妙。所以当下仿佛获得了珍宝一般欢喜，立刻笑盈盈说道：

"你是常明我的达令吗？好久不见，今天怎么会打电话给我呀？"

"曼静，你少叫几声达令吧！为了你，我的性命几乎送掉了。"

"怎么啦？那夜回去难道出了毛病吗？"

方曼静在那边故作不明白的神气，奇怪地问。常明急急地说道：

"简直是出了大毛病，在医院里十足睡两个月日子哩！"

"啊呀！真的吗？我还以为你抛弃我了呢！"

"你这么一个好宝贝，我如何舍得抛弃你？你的功夫，在女人之中可算第一的了。"

"别寻什么开心了，那么你此刻在哪里呀？我来瞧你好吗？"

常明听她在电话里咴咴地一阵子浪笑，接着又这么地说，心中暗想：可见她心里也非常地需要我呢！于是低低地说道：

"我此刻在家里呀！你怎么能来找我呢？"

"那么你到我家来吧！我告诉你一个好消息，我这个老甲鱼由香港乘飞机到上海的时候，半路上飞机跌下来，老甲鱼已经跌死了，以后我的身子绝对自由，不必再受一些拘束了。你喜欢到我家里来，那么你就是我家的主人了。你听了这消息，心中高兴吗？"

"啊！阿弥陀佛！这老甲鱼真的跌死了吗？"

"这已经是一个多月以前的事情了，我难道还骗你不成？达令！我在家里正感到寂寞呢！你此刻快来吧！"

"此刻可不能够，因为我才今天出院回家哩！"

"是不是舍不得离开太太？今夜要在太太身上下一番功夫吗？"

"我太太此刻早已睡熟了，她要我养足了精神，把功夫放到你的身上来呢！哈哈！你想，我太太不是很贤惠吗？"

"别说死话了，正经的，你什么时候来？"

"我明天晚上来好吗？"

"不一定要在晚上来的，你明天早晨就来吧！"

"难道白天里也可以寻欢作乐吗？"

"什么白天黑夜，在这暗无天日的环境下，白天和黑夜又有什么分别呢？你早晨来睡我的热被窝，保险你万分满意！"

常明听她说得那么淫荡，一时心头不住地荡漾，遂笑嘻嘻地说了两声好吧，方才挂断电话，悄悄地又回到卧房里来睡觉了。

常明在打电话的时候，凑巧小茵在电话间门口走过，于是站停偷听了一会儿。当时常明的一些秘密，就完全被小茵偷听了去。这晚小茵睡在床上，不由得暗暗想了一会儿心事，觉得大少爷这个人真是太荒唐了一些，自己家里有了这么一位美丽的好太太，谁知他还要在外面和野女人搅七念三，这不是太对不住新少奶了吗？况且他这次生病，还是这个野女人害的呢！不料他一丝没有觉悟到野女人的不好，反而再去找她寻欢作

97

乐，那实在是太不自爱，太岂有此理了。小茵虽然是个十六七岁的小丫头，但她想了一会儿，也很替新少奶表示气愤，意欲明天把这些事情去告诉新少奶知道。但仔细一想，自己无非是个丫头而已，何必管这些闲账呢！假使他们小夫妻吵闹起来，老太太知道了，还以为是我在搬弄是非呢！天下事情，多一事不如少一事，这年头还是多吃饭、少开口为妙。小茵心中既然这么地考虑，于是她在第二天也就没有把这些事向梅邨讲出来。

次日早晨，常明故意睡到十点敲过才起身，梅邨因为他的病新愈，所以烧桂圆汤给他吃，又给他喝了燕窝茶，竭力地滋补他身子。常明一见时候快十一点钟了，于是圆了一个谎话，说要到华东贸易公司里去查查账目，因为自己病了两个月，而爸爸也没有出外，恐怕小杨等职员发生舞弊，所以应该去视察一次才好。梅邨一听这话很合情理，遂点头说好，问他午饭可回家来吃。常明说午饭不回家吃了，晚饭一定回来吃的。梅邨叮嘱他身子刚好，别太乏力了，千万早些回来休息。常明连连答应也就匆匆地出房去了。

但是常明出外之后，直到黄昏的时候，还没有回家。梅邨心中自然十分焦急，连忙打电话到华东贸易公司去找寻常明。但据杨永福告诉，说常明只到了一到

98

后，便即离开公司的，午饭也没有吃了去。梅邨听了这个报告，心里大起疑窦，一时愁眉不展，长吁短叹，十分烦恼。小茜见新少奶闷闷不乐，暗自伤心的样子，甚觉不忍。于是再也忍熬不住，把昨夜大少爷和野女人通电话的事情，向新少奶悄悄地告诉。梅邨听了这个消息，心头的愤怒和悲痛，真像江涛似的翻涌起来，粉脸由红变青，由青变白，一时变成了死灰的颜色，咬牙切齿地问道：

"小茜，你这些话可完全是事实吗？"

"新少奶，我有几颗脑袋，把这些谣言也能造出来吗？完全是千真万确的事情呀！"

"那你为什么早晨不向我告诉呢？"

"我……我……恐怕你们吵闹起来，要责怪我搬弄是非，所以我……不敢告诉。此刻因为看不过新少奶伤心的样子，我才说出来了。但……是……你在少爷面前，可不能说是我偷听的，否则，我……要被少爷责骂哩！"

梅邨恨恨地把桌子一拍，她随手拿着一只玻璃杯，狠命地掷到地上去。但地上原铺着厚厚的地毯，所以玻璃杯还是没有敲碎。梅邨心中怨恨极了，立刻用皮鞋脚一阵子乱踏，这才把玻璃杯踏碎了。小茜见她那种疯狂的样子，不由得大惊失色，吓得全身瑟瑟发抖，但梅邨终倒在床上，哇的一声哭泣起来。小茵这才走到床边去，推了推她的身子，说道：

"新少奶，你千万不要这个样子呀，自己身子也得保重些才好，伤心得病倒了，那也犯不着呀！"

梅邨听小茵这样劝慰，一时暗想：不错，我犯不着为他这种无情无意的人伤心，他既然不忠于妻子，我又何必忠心于丈夫呢！他把女人当作玩物看待，我也可以把男人玩弄玩弄的呀！梅邨想到这里，便收束了眼泪，从床上坐起身子，吩咐小茵倒盆洗脸水来。小茵见新少奶没有什么悲伤了，自然也不敢再提什么话，匆匆地倒上了洗脸水，便退出房外去了。

这梅邨一面梳洗，一面又暗暗地想了一会儿心事，方才披上了一件梅红呢的夹大衣，也不到上房里去告诉，管自匆匆地出外，坐了人力车，来到新华大旅馆，开了一个房间，然后打电话给罗医生，说有要事商量，请他马上到新华大旅馆二百五十号房间来一次。罗文达接到了梅邨这个电话，心中真有无限的惊奇。想要拒绝她，但梅邨又再三地请求他到来。想要问她到底有什么事情商量，但恐怕被菊清听到了起疑心，所以只好不情不愿地答应下来。果然菊清在旁边问他说道：

"是谁给你的电话呀?"

"哦!是家里那位房东太太打来的电话,她的小儿子有些不舒服,请我回去给他看一看是什么病。"

罗文达灵机一动,想出这两句谎话来回答。菊清听了,当然深信不疑,遂点头说道:

"那么你就快些去吧!反正这里病人差不多也快要看完了呢!"

"好的,我一个小时之内就赶回来。"

"又何必那么急匆匆呢?"

"晚上我们还要布置新房哩!明天晚上不是我们可以洞房花烛了吗?"

罗文达笑嘻嘻地说,扬了眉毛,表示那一份得意的样子。菊清红了娇靥,秋波白了他一眼,忍不住也赧赧然地笑了。文达这才披上大衣,坐了车子,赶到新华大旅馆来找寻梅邨了。

当梅邨瞧到了文达的时候,不知道怎么的,此刻在梅邨眼睛里看来,觉得文达实在是个朴实可爱的青年。她心中又悔恨又羞愧,一时过分的感情冲动,竟不由自主地扑了上去,抱住了文达,哇的一声哭起来了。文达冷不防被她这么的一来,真是弄得莫名其妙,手足失措,因此把她急急地推开,口吃了语气,说道:

101

"大小姐，你……你……这是怎么的一回事情呀？不是太叫人奇怪了吗？"

"你且坐下来，我们好好儿地谈吧！"

梅郏也觉得自己这情形会叫人莫名其妙的，于是收束泪眼，低低地回答。一面给他脱了大衣，一面拉了他身子，一同在沙发上坐下。罗文达见她这么亲热地招待着，反而心中甚为不安，不由搓搓手，又抓抓头皮，局促地问道：

"大小姐，你不是说有要紧的事情和我商量吗？到底是件什么事情呀？你快说吧！"

"我……我……真懊悔……"梅郏红了两颊，有些支支吾吾的表情。

"你懊悔什么呀？"文达奇怪地急急地问。

"我悔不该嫁给楚常明，我……真对不起你。"

"咦！你这话是什么意思呀？爱情原是自由的，你当初讨厌我，打我耳光，你难道忘记了吗？"罗文达听她这么说，心中自然十分怨恨，尤其想到过去的委屈，他立刻有股子气愤塞到胸口上来，这就冷笑了一声，讽刺她说。

"哦！我求求你，你别提这些话了吧！我……该死，我……自己作孽！唉！我完全瞎了眼睛，所以便这么对待你了。"

梅邨又急又怨，哦了一声，把娇躯滚到他的怀里去，忍不住哭了起来。文达一时被她弄得有些心荡，伸手去扶她身子，是叫她坐正了的意思。但心慌意乱之中，偏偏把手指又摸到她的胸部，觉得婚后的梅邨，那胸部自然更加富有弹性了。因此立刻又缩回了手，简直呆呆地窨住了，遂急急地说道：

"大小姐你……这……到底算什么意思呢？你嫁给了楚大少爷，不是很满足吗？如何又悔恨起来了？"

"满足？哼！他这个无情无意的浪荡子，简直是我们女界中的魔鬼！他哪儿有什么真心的爱呢？"

"哈哈！大小姐，可是你这些话不应该对我来说，因为我并没有逼你去嫁给他呀！"

罗文达觉得她这时候对自己来说这些话，那真是在倒她自己的霉，一时不由得痛快地笑了一阵，冷讥热嘲地回答。接着又很快地说道：

"我是个穷光蛋！我是个穷小子！当初穷小子险些为你闹自杀哩！若不是你妹妹来救了我，我恐怕早已不在世界上做人了。你那时候度着闺房之乐，你如何还会想得到我这个苦命的穷鬼呢！"

"够了，够了，我过去错了，请你原谅我吧！"

"这也没有什么原谅的必要，你现在是楚家大奶奶，我如今可是你的妹夫了，彼此是亲戚关系，我们还是别谈过去的事情。你今天叫我到这儿来的目的是什么？你快说吧！我还有许多的事情哩！"

梅邨被他讽刺得满面含了痛苦的眼泪，显出那份可怜的样子，向他低低地求饶。罗文达对于她的眼泪，却并没有感到一些同情的难过，还十足显出不耐烦的表情，向她急急地问。梅邨红了脸，心头跳跃得剧烈，她在不可抑制的情感冲动之下，终于直接地说道：

"文达，我……我……希望我们两人仍旧能够互相地恋爱……"

"什么？你……你……疯了吗？你怎么能说出这样无廉耻的话来呢？难道你……存心要来破坏我和你妹妹这头婚事吗？"

罗文达一听这话，身子不由猛可地跳起来，气呼呼的神情，一面向她怒责，一面也不再留恋，身子向外直奔了。梅邨慌忙站起，把他狠命地拉住，流泪说道：

"文达，你不要愤怒，我并没有存心破坏你们婚事呀！"

"那么你如何说出这些话来？你难道忘记你已经是个有夫之妇了吗？况且我既然和你妹妹要结婚了，我怎么还能够来爱上你？这些都是不可能的事情，你如何想得出来呀？"

"我……只要在你身上得一些爱，我死也情愿了。文达，你明天结婚了，我知道，但是此刻我要把身子交给你，让我心头出一口气！"

梅邨有些自说自话的，她伸了两手，紧紧抱住文达的脖子，竟自动地在文达嘴上热烈地吻住了。文达被她这么一来，真弄得有些神魂颠倒起来，遂急急地说道：

"大小姐，请你放尊重一些吧！你这种行为是近乎下流的！"

"不过，我为了要报复，我可顾不了许多。"

"你要报复？你向谁报复？"

罗文达不懂她这句话的意思，遂呆呆地问她。梅邨惨淡地一笑，显出痛苦的表情，冷冷说道：

"他可以和别的女人去游玩，我难道就不能和别的男子寻欢作乐吗？文达，你可怜可怜我，就成全我吧！"

"哦！原来你是为了这样的报复！哈哈！你的丈夫在外面玩弄女人，难道你也想玩弄男人吗？可是，我告诉你，你可以去玩弄别的男人，要想玩弄到我的头上来，那你除非做梦！你这不要脸的女人，给我滚开了吧！"

罗文达这才恍然大悟，知道她是想来玩弄自己的意思，一时又愤怒又痛恨，不觉狂笑了一阵，一面冷冷地辱骂她，一面把她狠命地一推，然后在衣钩上取了大衣，像飞一般地逃出房外去了。可怜梅邨只为一念之错，弄得一错再错，自取其辱，被他重重地推倒在地，只觉浑身疼痛，不由得啊了一声，竟是爬不起来了。

第六回

诛奸受创躲闺楼无意惊美

一个很富丽的闺房里面，春阳暖和和地从窗子外透露进来，照映着房内那一堂红木的家具，更显得灿烂而耀人眼目。这时梳妆台前的小圆凳上坐了一个二十一二岁的姑娘，她对了镜子，望着自己忧愁满面的粉脸，却是呆呆地出神。虽然窗外的小鸟儿叽叽喳喳地歌唱着美妙的曲子，好像对那热情的春天感到万分的愉快。不过那姑娘的心中，只觉无限的哀怨，好像有说不出重重心事的样子，她不时深深地叹着气。

"二小姐，你怎么啦？一个人又在闷闷地不快乐了？瞧吧！这么好的春光明媚天气，你为何不到西湖里去游玩一会儿散散心呢？郁郁闷闷地躲在家里，不是会闷出病来吗？"

小茵丫头从房外捧了一瓶刚折下的桃花进来，一见姗姗二小姐愁眉不展的神情，她知道二小姐又在难过了，于是把花瓶在那张百灵桌子上放下，回眸望了她一眼，温情地劝告她说。姗姗回过身子来，摇摇头，叹息着说道：

　　"春天，今年的春天变了，不但是春天变了，连西湖也变了，我的家也变了，在我眼睛里看来，就觉得什么都变了！我恨不得马上就脱离这个家，这个瞧不入眼的恶环境！"

　　小茵听小姐这么怨恨地说，一时还有些弄不明白她这些话是什么意思，怔怔地望着她粉脸，出了一会儿神后，方才奇怪地问道：

　　"二小姐，你这是什么话呀？春天怎么会变的呢？"

　　"往年的春天，暖和和的春风，吹在人们的身上，是多么的快乐！但今年的春天，春风吹来的都是些不幸的消息，而且是包含了多少的血腥气味啊！你想春天不是变了吗？"

　　"那么西湖又如何会变了呢？我前星期曾经路过西湖，只见青山绿水，桃红柳绿，还不是和从前一样吗？"

　　"难道往年的西湖旁边也有这些豺狼般凶恶的敌人的足迹吗？你瞧这些奴才们，耀武扬威，在西湖旁作威作福地横行不法，我们同胞见到了这班豺狼，个个心惊肉跳，可怜的西湖，今年也被他们白白地糟蹋了！"

"二小姐，那么你说我们这个家又如何变了呢？我瞧和往年不是一样的舒舒服服过日子吗？"

"傻孩子！你懂得什么呀？"

姗姗有些生气的样子，逗了她一瞥娇嗔，站起身子，却走到窗口旁去了。小茵给她倒了一杯玫瑰花茶，跟上去交到她手里，却笑着说道：

"二小姐，我原不懂得什么呀！那你应该教导我才是哪！"

"唉！我这个家是变得最快最可恶了。"

姗姗接了茶杯，喝了一口茶，一面深深地叹了一口气，接着又无限痛苦的表情，望了她一眼，说下去道：

"自从沦陷之后，国军节节败退，因此我们杭州也落在敌人的手里。可恨这个杨永福小子，他自己在司令部里做了翻译，出卖了灵魂，倒也不必说了。谁知他还要串通敌人，强逼我爸爸出任维持会的会长。我爸爸偏又是个贪生怕死的人，我叫他连夜逃走，他却没有这个勇气，竟然答应做了敌人的走狗。你想，我这个家是变得多么的可怕啊！"

"可是，那也怨不了老爷。他一个人逃走了，如何放得下这个家呢？假使不答应，又得被敌人害死，所以他真是左右为难了。"

"照你说来，你还很同情我的爸爸吗？要知道杀身成仁，这才不愧是个流芳百世的好百姓呢！像爸爸现在的行为，被后世人永远地唾骂，这是多么丢脸、多么可耻呢！"

小茵听小姐这么痛心疾首地说着，一时也不知道该怎么回答才好，不由得怔怔地愕住了一会子。姗姗似乎心胸中一口怨气还没有尽情倾吐，接着又滔滔地说道：

"我的妈本来是个糊涂人，一天到晚，只知道有骨牌玩，什么天塌下来的大事都不管闲账了。至于哥哥呢，名义上是个大学生，实际上什么知识也没有。他懂得什么叫民族思想？什么叫国家观念？现在是更好了，仗了爸爸的势力，一天到晚，居然作威作福地更加荒唐起来。我的嫂嫂呢，最近人也变了，哥哥在外面游玩，她也在外面游玩，我玩我的，你玩你的，看他们大家不干涉大家的事情，各自的荒唐。小茵，你想，我在这么黑暗的家庭之下，我如何能忍耐着看下去？唉！这不是把我苦闷得要透不过气来吗？所以我心里想着，假使有机会的话，我一定脱离家庭独个儿到外面去过流浪的生活了。"

姗姗一口气说到这里，心中不免有些心酸，眼皮一红，她的泪水忍不住就夺眶流下来了。小茵见小姐伤感，也有些难过，遂连忙说道：

　　"二小姐，你千万不要这样说，你是一个年轻的女孩儿家，你怎么能够陌陌生生的流浪到异乡客地去呢？况且在外面的人心是多么的坏，万一被人家陷害了，这不是自讨苦吃吗？"

　　"我大不了一个死，我还怕什么呢？"

　　"二小姐，你好好儿的别说什么死啊活啊了！叫我听了，心里也很难过哩！"

　　"小茵，你不知道，我就是住在家里，恐怕将来也是一个死呢！"

　　"什么？二小姐，你这话是什么意思呀？"

　　小茵对于她这一句话当然表示无限的惊异，不禁涨红了脸，急急地问。姗姗红脸上浮现了愤怒和娇羞的红晕，雪白的牙齿，咬着她薄薄的嘴唇皮子，沉吟了一会儿，方才徐徐地说道：

　　"杨永福这小子对我不怀好意呢！你难道没有看出来吗？"

　　"我当然也有些看得出来的，不过爱情是要双方面都发生了才行啊！否则，他难道可以强迫地爱你吗？"

"过去他对我就显出色眯眯的样子，不过那时候，他是华东贸易公司的会计，我爸爸是经理，他对我自然还不敢十分放肆。现在他做了敌人的走狗，他便小人得志似的神气活现了，对我竟敢直接地求爱，要和我结婚。否则，他便叫司令部的吉田少将来做媒，那时候问我还敢不答应吗？你想，他完全用一种强迫手段来欺压我，这叫我如何是好？"

姗姗说完了这两句话，她把茶杯在百灵桌上放下来，连连地搓手，表示那份着急的样子。小茵两条眉毛也紧紧地蹙起来，恨恨地说道：

"这该死的奴才竟如此可恶吗？小姐，你可以告诉老爷，叫老爷教训他一顿好了，他到底是老爷手下的人啊！"

"唉！爸爸见了他，现在反而怕他了呢！"

"啊！这是什么理由呀？"

小茵听她说老爷现在反而怕杨永福了，有些莫名其妙的惊奇，遂啊了一声叫起来问。姗姗叹息着说道：

"这是所谓此一时彼一时，现在是豺狼当道的世界。小杨这奴才懂得日本话，他只要在司令部里歪一歪嘴儿，我爸爸的性命就有被他陷害的危险。所以爸爸见了他，还要向他拍马屁呢！哪儿敢得罪他？"

"那么……这……便如何是好呢?"

姗姗这些话听在小茵耳里,一时也不由得急了起来。姗姗当然更加悲痛愤恨,眼泪益发扑簌簌地落下了两颊。小茵这才低声地劝慰她说道:

"二小姐,你此刻伤心也没有用呀!事情总得慢慢想法子才好。"

小茵一面说,一面走到梳妆台旁去,用开水拧了一把手巾,给姗姗拭泪。姗姗也觉伤心无益,事情只好随机应变,且等将来再作道理了。主婢两人又闲谈了几句,方才各自地走开了。

晚上,姗姗一个人坐在写字台旁的台灯下,静静地看着小说解闷。忽然听得阳台上有什么声音嗒地一响,一时把姗姗震惊得抬起头来,两眼向落地玻璃窗外望去。因为这几天甚热,所以窗户开着,只有那白纱的窗幔掩拢着一半,夜风一阵阵地吹送,那窗幔便不住地飘荡,发出了扑哧的声音。姗姗暗想:这一定是风吹窗幔的声音,我把窗门去关上了吧!她一面想,一面站起身子,走到落地玻璃窗旁去关门。不料这时阳台上却躲着一个黑影子,在黑夜之中,姗姗当然辨不清楚他到底是人还是鬼,芳心里这一吃惊,真是把她小魂灵都吓掉了,灰白了脸色,不由得啊呀地竭声叫喊起来了。

113

那个在洋台上躲着的黑影子，被姗姗这么一叫喊，他反而大胆地走出来，而且手里握了一支手枪，对准了姗姗的胸口，低低喝声不许声张。姗姗本来已经吓得魂不附体了，此刻一见了手枪，更加吓得脸如死灰，只觉两腿发软，全身瑟瑟地乱抖，身子往后一仰，一时站脚不住，竟仰天跌了下去。那个黑影子见姗姗跌倒在地，因为她是一个年轻的姑娘，所以立刻把手枪藏入袋内，还蹲下身子去，把姗姗扶了起来。

在室内电灯光的笼映之下，尤其是那男子俯身去扶姗姗的时候，他们两人脸的距离当然是相当的近，所以姗姗已看清楚那男子倒是一个年轻而俊美的青年。也许爱美是人之天性，所以姗姗心头的害怕成分也减少了许多，自己安慰自己道：他也许不是什么凶恶的强盗吧！她一面想着，一面竭力地挣扎着爬起身来。因为自己是个姑娘，所以不愿意他用手来接近自己的身体，终于大胆地开口问道：

"你……是谁？怎么陌陌生生地闯到别人家的卧房来呢？"

"小姐，你……不要害怕，我不是强盗，我……是好人！"

那少年含了微微的笑容，低声地回答。他把右手紧紧地抓住左臂，两道清秀的眉毛微蹙着，好像还有些痛苦的样子。姗姗的明眸瞧到他左臂上的时候，心头倒又别别地一跳。原来他左臂的西服上染了鲜红的血水，可想他是受了枪伤，这就急急说道：

"你……你……受了伤吗？"

"是的，被日本兵追捕打伤的。小姐，你……你……能救救我吗？"

姗姗一听他这两句话，不但立刻放心下来，而且还起了一阵爱怜之心，暗想：那么他不是一个爱国的热血分子吗？于是马上连连点头，先走到阳台边来，把落地玻璃窗关上，还紧紧地拉拢了窗幔，然后回身走到房门口去，把房门上了插闩，这才很快走到那青年的身旁，秋波脉脉含情地瞟了他一眼，低声问道：

"你这个伤要紧吗？快把衣服脱下来，我给你瞧瞧。"

"不要紧的，是一些枪弹擦过的皮伤。"

那青年一面回答，一面脱了西服上褂。姗姗连忙接过，放在沙发上，然后很快地把热水瓶里的热水倒在面盆里，在一个小小的玻璃橱里取出药水棉花和伤药水，说道：

"把污血洗洗清洁，我给你敷药水吧！"

115

"哦！谢谢小姐，我心里真感激你！"

那青年一面向她道谢，一面把衬衫衣袖撩起。姗姗见他挺结实的臂膀上染了一堆鲜血，遂把他握住了，一手拿了药水棉花，浸了开水，在他伤口处轻轻洗濯。虽然枪弹没有嵌在皮肉里，但臂膀上已经削去了一块肉，血淋淋的真有些惨不忍睹。尤其是那青年手臂一动一动的样子，可想他是多么疼痛。这就连自己手都有些瑟瑟地发抖，皱了细长的眉尖儿，低低问道：

"很痛是吗？"

"嗯！还好，不……痛什么……"

姗姗见他口里虽然这么回答，但两眼的表情，并那咬着牙齿的样子，就可知道他是怎样疼痛了，于是用了轻快的手法，把他污血洗净，敷上了药水。一面又到橱内取出纱布和橡皮膏，给他轻轻地包扎起来。那青年做梦也想不到自己偶然逃避到这儿，竟会遇到这么一个慈爱的姑娘，一时在万分惊险和痛苦之余，也不免得到了一些甜蜜的安慰，遂把明眸含了无限的热情，望了她一眼，说道：

"小姐，你太好了，请问你贵姓呀？"

"我姓楚，你贵姓？你……是干什么的？如何会被鬼子兵追捕呢？"

姗姗一面回答，一面提了西服上褂的衣领，是给他穿上的意思，并且望了他俊美的脸蛋儿，又低低地反问他。那青年先道了一声劳驾你，便把上褂穿好。正欲向她回答的时候，忽然房门外有人笃笃地在敲门。一时那个青年便急了起来，慌慌张张的神情，大有欲躲逃的样子。姗姗向他摇摇手，是叫他不要着急的意思，一面问道：

"谁呀？"

"是我呀！姗姑娘，你问得这么清楚的干什么？难道你房中藏着什么好宝贝，怕人来抢了去不成？"

那青年一听房门外面一个女子声音这么的回答着说，一时还以为她已经知道了房中的秘密。他心头这一吃惊，几乎吓得手足失措，便急急走到落地玻璃窗旁去，似乎要开了窗门从阳台上跳下去逃走的意思。姗姗慌忙把他拉住了，一面摇手，一面努嘴，一面把衣橱门拉开，将那青年身子向橱门里推进去，而且口里还说道：

"嫂嫂，我已经睡了呀！你有什么事情吗？"

"啊呀！你这个小姑娘胃口也太好了，现在九点钟还没有敲过，怎么就睡觉了吗？快起来，快起来，我当然有事情来找你呀！"

就在她们说话之间，那青年也就糊里糊涂地把身子躲入衣橱里面去了。姗姗连忙把橱门掩上，然后走到床边，故意把被揭开了，又故意把旗袍衣纽解散了，然后很快地换了一双拖鞋，又把桌子上药水等物藏好，方才去开了房门。房外的梅邨便笑盈盈地走进房里来，秋波瞟了她一眼，取笑她说道：

　　"你一个人生活过得太苦闷了是不是？所以提不起精神的就这么早睡觉了，要不要我来给你介绍一个男朋友呢？"

　　"嗯！嫂嫂，我道你是什么正经事情来的？原来却和我开玩笑来的，那我可没有这么闲工夫来跟你闹着玩呢！"

　　姗姗听了，鼓着红红的粉腮子，秋波恨恨地逗给她一个娇嗔，似乎有些生气地回答。梅邨哧哧地一笑，拉了她手，一同在沙发上坐下，低低地说道：

　　"姗姑娘，你为什么这样讨厌我呢？"

　　"我不是讨厌你呀！我是说你不该取笑我。"

　　"我倒并没有完全地取笑你，我此刻来找你，确实是有些正经事来跟你谈谈的。"

　　梅邨这时却又显出十分认真的样子，向她一本正经地说。姗姗觉得有些奇怪，明眸含了猜疑的目光，望着她粉脸，怔怔地问道：

"你有什么正经的事情来跟我谈呢？是不是哥哥专门喜欢在外面胡调，所以叫我代为给你去劝劝他吗？"

"好了，好了，你不要提起你哥哥这个人了。不提起倒也罢，一提起了他，我胸口中的一股子气就会塞上来的。"

梅邨被她提起了自己的心头事，一时绷住了粉脸，忍不住恨恨地说。姗姗见嫂嫂难过，也不由得叹了一口气，低低地劝告她说道：

"嫂嫂，你别那么说吧！常言道：夫妻总有夫妻之情，何必把哥哥恨得这个样子呢？他虽然喜欢胡调，但我以为这一半也是你的责任，你应该好好儿劝阻他才是啊！"

"姗姑娘，你真不知道我心里的痛苦。我何尝不好好儿地劝他呢？但是他偏把我说的话当作耳边风，那叫我有什么办法呢？前年他不是生了一场病吗？他完全是外面玩女人玩出来的。我知道了之后，也好好儿地劝他，他知道错了，表面上向我讨饶，谁知后来他住到我爸爸医院里去医治的时候，见了我菊清妹妹，他居然又向菊清求起爱来。姗姑娘，你想想吧，像这种人还劝得好吗？除非是他死了再去投生换一个人哩！"

119

"嫂嫂，这话可是真的吗？"

"哪里有不真的道理？难道我还故意造他的谣言不成？"

"唉！哥哥这人真也太岂有此理了！"

"所以我现在也不再劝他了，他玩他的，我玩我的，这又有什么办法呢？我若不到外面也去玩玩的话，那我不是要郁郁闷闷地气出病来吗？"

"不过这样子下去，总也不是一个根本解决的办法。所以明天有机会，我倒要向哥哥好好儿地劝告一番。"

姑嫂两人说着话，自不免叹息了一会儿。但梅邨忽然又笑了起来，拉了姗姗手，温情地抚摸了一会儿，说道：

"你瞧我这人真也有趣，原是为了你的事情而来找你的，谁知正经的事情不谈，倒反而说着这些气闷的事情，那真也太犯不着了。"

"嫂嫂，我有什么正经的事情呀？"

姗姗听了梅邨的话，表示十分的惊奇，遂向她急急地问。梅邨笑了一笑，好像有些神秘的样子，低低地说道：

"我老实告诉你吧，小杨爱上你啦！"

"嫂嫂，你不要胡说八道吧！绝对没有这一回

120

事的。"

姗姗听了这话，那颗芳心几乎要从口腔外跳出来了。那张粉脸，涨得玫瑰花般的血红，至少还有些薄怒娇嗔的表情。梅邨却笑嘻嘻说道：

"你别抵赖了，是小杨亲口对我说的。他说你爸爸也赞成这头亲事，只有你自己好像有些不大喜欢似的，所以特地请我来劝劝你。你说小杨这人是十分能干，容貌也不算十分的差，你为什么还委决不下呢？"

"嫂嫂，你也是一个知识分子，你怎么一些也不同情我呢？难道你喜欢我去嫁给一个走狗做妻子吗？"

梅邨被姑娘这么的一责问，她的两颊也不由得热辣辣地红了起来。沉吟了一会儿之后，便冷冷地笑道：

"姗姑娘，你这话虽然说得不错，但是你却没有想到你自己的爸爸？他和小杨不是一样的地位吗？"

"这……嫂嫂，你何苦这么来挖苦我？爸爸当初要任维持会会长的时候，我原竭力地反对。但忠言逆耳，爸爸不肯听从我的劝告，这叫我做女儿的又有什么办法呢？老实地跟你说吧，我恨不得马上脱离这个家庭到外面去流浪呢！"

姗姗听她这两句话，显然是包含了讽刺的成分，这就羞愧地红了粉脸，无限哀怨地回答。她芳心中只觉一阵子悲酸，忍不住抽抽噎噎地哭泣起来。梅邨被她一哭，连忙又含了笑容，拍拍她的肩胛，低低地说道：

"好姑娘，你别哭呀！嫂嫂也不是有心地要挖苦你。我的意思，这个年头做人，何必要这样认真呢？小杨现在是出风头的人物，你嫁给了他，无论在什么地方都不会吃亏的。你说要脱离家庭，但一个年轻的姑娘到外面去流浪也是一件危险的事情。万一在半路中上了人家的当，那不是更加走投无路感到痛苦了吗？"

"嫂嫂，我说你的眼光太近了，你难道只贪图短时间的富贵荣华吗？我们都是三十岁不到的人，你难道不预备给自己将来做个打算吗？假使中国胜利了，我问你，那时候我们还有脸做人吗？不但没有脸做人，恐怕还要受军法的判决哩！"

"姗姑娘，你别多心，我又要说一句笑话了，汉奸的女儿，和汉奸的太太有什么分别呢？照你现在的地位而说，恐怕人家也不会谅解你是个爱国的好女儿吧！"

姗姗听嫂嫂一味地拿话打动自己的芳心，一时非常怨恨，所以呆呆地并不回答她。梅邨却接下去又劝着说道：

"姗姑娘，我看你还是答应了吧，免得彼此伤了感情。小杨对我说，假使我劝了你，你再不肯答应的话，

122

那么他就要叫司令部里的吉田少将来做媒了。我想那时候你再答应，倒反而不好意思，不是明明地屈服了吗?"

"哼！我早已听到过了，不要说什么吉田少将，就是东京的日皇来做媒，我也绝不会答应他的。"

梅邨见她柳眉倒竖，杏眼圆睁，满面娇怒的表情，显然是十二分决裂的样子。一时望着她倒是怔怔地愕住了一会子，淡淡地一笑，问道：

"你难道不怕死吗？小杨是个有势力的人，他若一翻脸，恐怕你仍旧逃不过他的手掌之中呢！"

"我情愿清清白白地死，我也不愿委屈地活着。"

姗姗听嫂嫂也来这么地威胁自己，她心中真有说不出的悲痛，一面愤愤地说，一面却又哭泣起来。梅邨连忙又温情地说道：

"姗姑娘，你应该明白我，我是为了你的好。"

"……"

姗姗没有回答，依然低低地啜泣个不停。

"姗姑娘，你真像小孩子似的，老是哭着做什么？快不要伤心吧！我劝你考虑考虑再说，过几天我来听你回音。好姑娘，我服侍你睡吧！"

梅邨又像哄孩子似的，把她拉着起身，还亲自给她脱了旗袍，服侍她睡下。给她盖上了被之后，方才悄悄地退出房外去了。姗姗觉得自己终身幸福的问题已到了最后的关头，所以越想越急，越想越伤心。她把衣橱里还有一个青年躲藏着的事情也忘记了，因此躺在床上，管自地抽抽噎噎地哭泣起来。也不知经过多少时候，忽然床边有个人站着了，低低地说道：

"楚小姐，你不要伤心呀！"

"啊！"

姗姗回头急忙去看，原来就是刚才那个躲在衣橱里的青年，他已经自己走了出来，站在床边，向自己低低地劝慰。这才猛可想到了他，忍不住啊的一声叫起来。因为自己已经躺在床上了，在一个陌生男子的面前，若露了小衣小裤的再起身下床，这实在万分的难为情。不过自己老是躺在床上，让一个陌生男子站在房中，这到底也不是一个办法。因此情急智生地向他挥挥手，红了粉脸，说道：

"对不起！你把身子回过去吧！"

那青年似乎也理会她的意思，立刻把身子别了转去，面对着落地玻璃窗却呆呆地出神。约莫三分钟后，方听姗姗又低低说道：

"先生，你请坐吧！"

那青年知道她已经起身了，于是回身来望，见她已

124

穿上了旗袍和皮鞋,一手还在扣那衣襟上的纽子。于是在桌子旁坐下,两眼望到她的粉脸上还沾了丝丝的泪痕,显出那么楚楚可怜的样子,这就微微地笑道:

"楚小姐,你真是个有思想的姑娘,我心里非常地敬佩你。"

"唉!刚才我和嫂嫂在房中所说的话,莫非你全都听到了吗?"

姗姗非常羞愧而惊奇的表情,一面叹气,一面向他低低地问。那青年点了点头,明眸里含了热情的光芒,向她粉脸脉脉地凝望着,说道:

"不过,你是一个爱国的好姑娘,所以我并没有一丝轻视你的人格。只不过,你的嫂嫂竟会变成了这一种样子,我真觉得万分的心痛!"

姗姗见他一面说,一面大有感伤的神气,心中这就暗暗奇怪,秋波含了猜疑的目光,望着他俊美的脸庞,问道:

"先生,你这话说得太以奇怪了,难道你知道我嫂嫂过去不是这么一个思想腐败的人吗?"

"楚小姐,我不瞒你说,我就是你嫂嫂的弟弟齐小良。"

齐小良在支吾了一会儿之后,方才向她老实地说出

125

来。姗姗一听他就是嫂嫂的弟弟齐小良，一时又惊奇又喜欢，不由得呀了一声，说道：

"什么？你……就是小良兄吗？听说你是在上海大学里念书呀！那么你是几时回杭州的呢？"

"我回杭州已有一个多月的日子了，但我还没有回家去过，因为我干的是地下工作。楚小姐，我因为你是一个爱国的好姑娘，所以我不瞒你地告诉出来，可是你千万得给我保守秘密才好。"

齐小良既然把真心话告诉了她，但他忍不住又胆小起来，立刻一本正经的态度，向她小心地叮嘱。姗姗点点头，温情地说道：

"你放心！我平生是最爱护这一班热血的好男儿的，那我如何肯泄露你的秘密呢？小良兄，我很惭愧，我有这么一个不清白的家庭，你……叫我怎么办好呢？"

"这……这……也是没有办法的事情，我想……有机会的话，你还是脱离这个家吧！"

姗姗说到后面的时候，大有请求小良帮忙的样子，一面眼泪已扑簌簌地落了下来。小良因为对于她们刚才所谈婚姻的事情，也已听得清清楚楚，觉得她在这个恶劣的环境之下，除了出走之外，还有什么第二条路，遂向她很表同情地怂恿。姗姗心中当然也明白他是完全知道自己的处境了，一时红了脸，有些哀求的口吻，说道：

"小良兄，可是，我一个弱女子又走到什么地方去好呢？假使你能够可怜我同情我，我情愿跟你去干些爱国的工作，不知道你心中可讨厌我这一个平庸的女子吗？"

"楚小姐，你别说得那么的客气。我们虽然很需要人才一块儿地工作，但只怕你吃苦不起。"

"小良兄，我不怕吃苦，只要你肯收留我，我什么苦都能吃得了。我总算是个高中毕业的女子，我别的事不能做，对于抄抄写写的工作还可以担任的。小良兄，我准定就跟你走吧！"

小良见她笑容满面地说，仿佛马上就要跟自己动身的样子，一时忍不住暗暗好笑，遂俏皮地问她说道：

"你不怕我拐了你吗？"

"不！我相信一个热血青年是绝不会拐骗人的。"

"那么你难道相信我真的就是齐小良吗？"

姗姗被他这么的一问，果然把笑容收起，倒是怔怔地愕住了，暗想：我在过去并没有见过齐小良的人，那我如何能听他口里说说就信任他了呢？那我真的有些太盲目了，于是望着他问道：

"你到底是不是齐小良呢？你要凭良心说话，你不能骗人的呀！"

姗姗说话的表情，几乎要哭出来的样子。

"假使我不是齐小良，那你还跟我一块儿走吗？"

"我……我……可不能冒昧地跟你走！"

"你和齐小良既不认识，为什么这样信任他呢？"

"因为你是齐小良，我们就有一层亲戚关系，虽然我们从未见过面，但我心中好像也会觉得有些安慰似的。那么你到底是不是齐小良呢？"

"当然是的，我为什么要冒别人的名字呢？"

小良这才点点头，很认真地回答了这两句话。但姗姗倒又狐疑起来，凝眸含睇地望着他，说道：

"可是，我倒有些不相信你起来了。"

"那为什么呢？"

"既然你是齐小良，那你刚才为什么不先走出来和你姊姊见见面呢？难道你姊姊也会陷害自己弟弟吗？"

"我听姊姊一味地劝你嫁给那个姓杨的汉奸，我觉得姊姊这人已经丧失了良心，所以我非常沉痛，我如何还愿意见她呢？楚小姐，我不能多耽搁了，我要走了。"

"啊！小良兄，你不马上带我走吗？"

姗姗见他说着话，身子已站起来，这就情不自禁伸手拉住了他，急急地问。小良微微地一笑，低低地说道：

"说走就走，没有这么容易的事。好在你还没有到最危险的时候，过几天我打电话来约你吧！"

"好的，那么我此刻送你下楼去，你在路上可千万要小心一些。"

小良听她温情蜜意地叮嘱着自己，表示那份多情的样子，一时心中也起了一阵感情作用，不由自主地和她握手。两人悄悄地到了楼下，姗姗亲自送他出了大门，门役还以为是二小姐的朋友，所以并不注意。不料姗姗回到屋子的时候，忽然济民医院来了电话，说楚伯贤在半路上被人家暗杀了。

第七回

左右为难脑充血良医遽逝

是晚上八点三刻的时候，齐国良一个人静悄悄地坐在诊病室内翻阅着医学论的那一本医书，他口里衔着烟斗，一面吸烟，一面细细地研究着。烟斗里的烟圈子一圈圈飞腾上去，丝丝袅袅地笼罩着他整个身子，在电灯光下看起来，他的人好像是坐在云堆里的样子了。

正在这个时候，忽然一阵急促的敲门声音，把他震惊得抬起头来。在他心中以为是有什么人生了急病，所以来求医了，于是也来不及叫香妮开门，他自己站起身子，匆匆地走到院子里来开门了。

谁知大门外进来的却是一个身穿西服的青年，他的脸色显得非常的慌张，一见了齐国良，便拉了他的手，急急地叫道：

"齐老医生，您快救我一救，您快救我一救吧！"

"哎，哎！到底是怎么一回事情呀？你家里有什么人生急病吗？"

"不，不！因为……后面有……宪兵追我，有宪兵追我呢！"

齐国良一听他这样说，知道事情是出了乱子，虽然有些害怕会连累自己，但到底因了一阵爱国思想的冲动，于是他立刻关上了大门拉了那青年急急奔进诊病室来了。在灯光下面，国良方才瞧清楚那青年左手腕上还流着鲜血，一时急急地问道：

"你……你……还受着伤吗？"

"我这个伤不要紧，没有关系，齐老伯，有什么地方给我躲一躲吗？"

那青年一面急急地恳求，一面向四处张望，似乎在找寻一个安全的地方给他躲藏起来的样子。国良正想安慰他的时候，楼上的菊清和罗文达闻声赶了下来。那个青年因为心虚的缘故，所以见了陌生人，把他更吓得脸色灰白。国良于是急急说道：

"别怕，别怕，这是我的女儿和女婿，你放心好了。"

"爸爸，这是怎么一回事呀？"

"他……他是被宪兵在追捕的好……人，他……逃到这儿来躲一躲的。"

齐国良刚告诉完毕，忽然大门外又有人在嘭嘭地敲门了。那青年仿佛是惊弓之鸟，听了这敲门声音，不觉汗流满面，显出无限惊慌的神情，急得不知如何是好的样子。菊清是个机警的女子，当下把那青年身子一拉，就直奔到楼上去了。国良于是高叫香妮开门，他和罗文达镇静了态度，便坐到写字台旁去，依然装出看着医书的样子。文达觉得呆呆地坐着，没有手势，太不自然，便随手取了钢笔和齐医生的用笺，写着西药的药名。就在这个时候，香妮已把大门开了。只听一阵皮鞋脚步的声音，早已凶巴巴地走进两个宪兵和一个便衣的中国男子来。国良抬头望去，认识那个便衣男子就是上次来给梅邨做媒的杨永福。这就急忙站起身子，故意显出吃惊的神气，问道：

"杨先生，有什么事情吗？"

"哦！齐老医生，楚伯贤在半路上遭强徒暗杀了，我们是挨户地来搜抄凶手的，你瞧到凶手逃进屋子来过吗？"

"什么？我的亲家被人暗杀了吗？这……这……可怎么办呢？他……的人现在在……哪儿？为什么不把他

132

马上送到医院来救治呀?"

齐国良一听这个消息,故意把说话的题目全部注意到楚伯贤身上去,表示对于凶手有否逃进来的事情毫不关心的样子。那两个宪兵听不懂国良在说些什么,遂回向永福操着日语问道:

"他在说什么?"

"他说楚伯贤是他的亲家,他对于楚伯贤被人暗杀受伤表示十分的着急,他想救楚伯贤的性命,因为他是个医生。"

永福遂用了很流利的日语,向他们小心地回答。宪兵点点头,笑了一笑,似乎有些喜悦的样子,说道:

"哦!原来他们是亲戚关系,那么好,回头把楚会长由同德医院转送到这儿来请他医治好了。他们既然是亲戚关系,当然更会出力给他医治了。"

"是,回头一定这样办。"

杨永福十足显出那副走狗的态度,恭而敬之地回答。那两个宪兵回身要走的时候,忽然又望到了写字台旁的罗文达,遂又问道:

"这个是什么人?"

"他是我医院里的助医罗医生。"

齐国良听了他生硬的中国话,遂急忙向他低低地告诉着说。罗文达恐怕发生什么意外的事情，遂只好委委屈屈地站起身子来，含了不自然的笑容，向他们点点头，表示招呼的意思。杨永福用了日语，一面向宪兵转告着说，一面把文达在写的用笺拿来，看了一看，却并不认识笺上的英文字，遂问他说道：

"你写的是什么东西？"

"我有个朋友患了一点儿咳嗽症，所以叫我给开几味咳嗽药。"

杨永福听了，这就没有什么话可说了，遂把用笺仍旧放下，回头向那两个宪兵望了一眼，表示讨好的意思，问道：

"大队长，我们还要到楼上去搜抄吗？"

齐国良和罗文达听他问出了这一句话，可怜两人心头这一吃惊和焦急，那颗心顿时像吊水桶般忐忑地乱跳起来。尤其是文达心中，更感到十分的害怕，险些额角上的汗水也冒出来了。那两个宪兵因为知道了齐国良和楚伯贤有亲戚关系，所以他们对于搜抄便马虎了许多，他们认为齐国良当然不会把凶手藏起来的，因此摇了摇头，说声不用了，我们到别处去搜抄吧！他们说着还向齐国良点点头，很有礼貌地带了杨永福走出大门去了。这儿香妮跟着出去，关上了大门。罗文达拿出手帕来拭了拭额角上的汗水，摇摇头，深深地叹了一口气。齐国良笑道：

"越是在危险的场面之下，态度越是要镇静才好。否则，事情往往容易要露出马脚来的。楼上那个好青年手腕上还有着伤哩，我们上楼去给他包扎吧！"

罗文达点头称是，遂取了医药箱，跟着国良匆匆地走到楼上来。两人跨进菊清的卧房，只见菊清坐在沙发上编结绒线马夹，在竭力装出安闲之中而又显出非常紧张的神情。当她抬头见到进房来的是爸爸和文达两个人，立刻把紧张的表情又轻松起来，但还是小心地问道：

"爸爸，事情怎么样了？"

"走了，没有事了。那位先生呢？请他出来吧！"

菊清听了，方才笑盈盈地站起身子，走到衣橱旁边，拿了钥匙把橱门开了。国良笑道：

"你怎么把他藏到衣橱里？不会把他闷死吗？"

"一时急得没了主意，不把他藏在衣橱里，藏到什么地方去好呢？"

菊清笑着回答，已把衣橱门拉了开来。那个青年便跨步走出，向着他们三个人深深地鞠躬，表示无限感激的样子，说道：

"承蒙齐老伯等相救之恩，真叫我感铭于心，没齿不忘。"

"先生，你不要客气，你手腕上的伤痕，我给你敷些药水，包扎包扎吧！"

随了国良这句话，菊清在热水瓶里倒了一盆热水。罗文达把医药箱子打开，取了应用医药，他们夫妇便给那个青年医治起来。国良站在旁边，一面瞧女儿女婿给他包扎着伤处，一面低低地问道：

"先生，你贵姓？你怎么知道我姓齐的呢？"

"齐老伯，我告诉您，我姓王名叫久华。您的令郎小良兄，他就是我的同志！"

"啊！原来小良和你是一块儿工作的？"

"王先生，那么我哥哥可也在杭州吗？"

这消息听到国良父女两人的耳朵里，一时心头又惊又喜，又急又忧，忍不住不约而同地啊了一声叫起来，菊清遂慌慌张张很快地问。久华点点头，说道：

"是的，小良兄也在杭州和我们一同活动着爱国的工作呢！"

"那么他干吗不回家来望望我呢？这孩子难道为了爱国，连家都不放在心上了吗？可怜我是多么想念他啊！"

国良有些怨恨的表情，叹了一口气，低低地说。王久华听了，连忙一本正经地给小良辩白着说道：

"齐老伯，您不要怨恨小良兄忘记了家，他心里实在也有不得已的苦衷哩！"

"他有什么苦衷呢？"

"他对我说，在这个环境里干着这种爱国的事情，实在随时都可以发生危险的。所以他不愿意给外界知道他就是齐老伯的儿子，他已经把他的姓也改了。因为这样子一来，万一以后发生了什么不幸的事，他也绝不会连累您老人家了。所以小良兄真是一个忠孝两全的好青年，老伯应该原谅他同情他才是。"

王久华这几句话听到他们三个人的耳里，一时真有说不出的感动。尤其是国良的心中，更感动得忍不住流起泪来了，叹息着说道：

"唉！这孩子的用心真是太苦了，王先生，你碰见小良的时候，你对他说，我并不怕他会连累我，我要见见他，叫他回家来一次吧！"

"好！老伯，我见了小良兄的时候，一定会把您这意思告诉他的。"

王久华见国良流泪，觉得父子之情，是多么叫人感动啊，遂点头答应，也表示代为难过的样子。菊清的眼皮儿也有些红润，秋波瞟了他一眼，说道：

"我哥哥他每天在什么地方办事呢？"

"我们办事没有一定的地方，我们的行动是很神秘的，有时候简直连我们自己也不知道。"

"王先生，那个楚伯贤被人暗杀了，莫非就是你干的吗？"

国良想着了什么似的，又望着他低低地问。久华脸上浮现了兴奋的微笑，点点头，说道：

"不错，是我和小良兄干的，但……我却不知道这奴才可曾死了没有？因为汽车从司令部开出的时候，也有不少的卫队保护着他呢！"

"啊呀！那么我哥哥可曾逃走了没有呀？"

"这个……我却没有知道，因为我们开枪射击了他之后，立刻四面戒严搜捕我们，我们各自逃走，却不知道小良兄逃走了没有。"

国良、菊清听他这样说，心里自然万分的忧愁，两人急得几乎要哭起来了。罗文达在这种情形之下，也只好安慰他们说道：

"爸爸，您不用着急，小良哥一定会很机警地脱逃的，您只管放心就是了。"

"齐老伯，我们干这个工作的人，把生命早已置之度外了，所以对于死倒也并不害怕。一个人在世界上，只要死得有价值，那不是比活着更有意思得多吗?"

王久华也在旁边低低地劝慰他说。国良自然也不好意思再忧形于色了，遂向久华说道:

"此刻外面一定搜抄得很严紧，我的意思，你还是在我们这儿住一夜去吧!"

"不! 没有关系，让我再坐一会儿，我可以回去的。"

大家正在说着话，只见香妮匆匆地进来，报告说老爷的电话来了。国良于是急急地走到楼下，把电话听筒拿起，问道:

"喂! 这儿是济民医院，你找谁呀?"

"哦! 我们是同德医院，你是齐院长吗? 刚才司令部有命令下来，叫我们把楚会长送到你们院里来，我特地先打电话来通知你一声，请你预备预备。楚会长胸部中了一弹，但并不算是致命伤。需用手术，把子弹设法钳出之后，大概尚不致有什么生命危险。齐院长，这回可辛苦了你，再会吧!"

那边说完了话，也不等国良回答，就把电话挂断了。国良接到了这个电话，心里真弄得有些啼笑皆非起来，暗想: 楚伯贤原来还没有死去，那可怎么办呢? 想

139

他们这班爱国青年，辛辛苦苦费了九牛二虎之力，冒了绝大的危险，好容易地把这丧失心肝的奴才伤了。但我却再把他去救活过来，这……这……叫我心中如何说得过去呢？不过我原是一个救世人的医生，我……难道能不尽医生的责任而救人性命吗？国良在这样思忖之下，觉得实在是太以左右为难了，一时站在电话机旁，倒是怔怔地愕住了。这时候罗文达提了医药箱子也匆匆地下楼，向国良问是谁来的电话。国良遂把这情形向他低低地告诉，并愁眉不展地说道：

"你想，这事情不是叫我感到太左右为难了吗？"

"爸爸，您且不要着急，回头看情形再作道理吧！"

"王先生预备宿在这儿吗？"

两人正在说话，菊清也匆匆进来，见他们愁眉苦脸的样子，遂急问是怎么一回事，罗文达代为向她告诉了，菊清也觉得这真是一件为难的事。不料正在这时候，大门外呜呜地有汽车喇叭的声音响着，接着嘭嘭地敲起门来。菊清和香妮匆匆地出去开门，只见两个院役抬着楚伯贤进门。国良遂吩咐他们把伯贤抬进了手术室，给伯贤躺在那张高高的活动病床上。同德医院的两个院役既把伯贤送到之后，也就匆匆地回去了。这时伯贤痛得两颊血红，口里还不住地呻吟。他见了国良，便显出可怜的神情，叫道：

"我……我……的好亲家翁！你……救……我，你……救……我吧！"

"你静静地躺着，身子不要乱动，我一定设法救你。"

国良到底是个慈悲的医生，他见了伯贤那种痛苦的样子，心中便大为不忍，觉得伯贤也无非出于不得已而做汉奸的，也许我这次把他救治之后，他会觉悟过来，不做汉奸了，那也未可知哩！于是用了怜悯他的目光，向他望了一眼，低低地安慰他说。楚伯贤感激地点点头，又央求着说道：

"好亲家！你给我打个电话到家里去吧！叫……我……家里的人……快……些……来……伴着我呀！"

国良听了，于是连忙向菊清吩咐了，菊清遂打电话到楚公馆去。当时接听电话的正是姗姗，她一听爸爸被人暗杀了的消息，虽然平日对爸爸行为原不赞成，但父女天性，此时得到了这么不幸的噩耗，也不免大惊失色，不由得啊呀一声大叫起来。当下惊动了楚太太和梅邨，大家一听这个消息，楚太太早已哇的一声哭泣起来。梅邨说事到如此，哭也没有什么用处，还是先到济民医院里去看个仔细，说不定还有救星哩！楚太太一听这话倒也不错，遂慌忙又收束眼泪，急急地吩咐阿三备好汽车，她们母女和梅郏三个人匆匆地一同赶到济民医院里来了。

楚太太等三人一到济民医院，她还没瞧到伯贤的人，先一路地哭了进去。这时国良和文达两人站在病床旁边，正在检视伯贤胸部的伤口，觉得这颗子弹齐巧嵌在肋排骨上，假使要把子弹钳出，非得好好儿动一番手术不可。不料这时楚太太却呜呜咽咽地哭泣着进来，她先把国良臂膀抓住了，带哭带泣地问道：

"啊呀！我的好亲家！伯贤到底死了没有啊？他若死了，叫我可怎么办才好啊？"

"妈，你且不要这个样子，瞧爸爸不是在叫着你吗？"

国良被楚太太这么拉住了边哭边问，一时倒窘住了，呆呆地却说不出话来。姗姗见母亲这举动，真让人笑话，遂连忙向她急急地劝告着说。楚太太这才放下了国良的臂膀，走到床边，望着伯贤又号啕大哭起来，而且还唠唠叨叨地骂道：

"是哪一个黑良心的人呀？真正是丧尽良心的，为什么无缘无故地要暗杀你啊？伯贤，你平日到底有几个冤家？你心里总有些知道的吧！你快告诉我，我非给你报仇不可！哎哟，我的天哪！那不是太叫人可恨了吗？"

"妈！你这样大声哭泣，像个什么样子呢？事已如此，先要设法把爸爸救治好了才是啊！齐老伯，我爸爸这个伤要紧不要紧呢？"

姗姗觉得母亲急糊涂了的样子，先恨恨地痛骂起来，这就皱了眉毛，向她低低地劝阻。一面回身望着国良，含了眼泪，急急地问。国良搓了搓手，此刻他心里的理智和情感在激烈地交战着，所以神情有些木然似的，竟呆呆地不知如何回答才好，直等姗姗问了第二遍，才醒过来般地说道：

"他肋排骨里嵌了一颗子弹，要好好儿用手术把那子弹钳出来，方才能够有救哩！"

"啊！亲家翁！那么你给他快些动手术吧！你总要尽力救治他才是，我们到底是亲戚呀！"

楚太太眼泪鼻涕的表情，又急急地向国良央求。国良的情感究竟浓过了理智，他点点头，低低地说道：

"老太太，你不要着急，我一定设法救他。不过，他此刻已经流了很多的血，所以暂时不能给他动手术。我先给他注射一枚止血针，等明天早晨，我再给他开刀吧！"

"延迟到明天动手术，没有什么问题吗？"

"没有问题的，只要不再流血，他不会有什么生命的危险。"

国良安慰她们说，一面吩咐文达在医药箱子里取出一枚止血的针药来，亲自给他注射。但楚伯贤这时睁大了眼睛，好像痛恨入骨的样子，却疯狂地大声骂道：

"这班重庆分子太可恶了，他……他……们竟来暗杀我，这还成什么世界呢？亲家翁，你快些把我救活了，我要下命令，不管是不是真的重庆分子，只要捉到了一个形迹可疑的青年，我就把他们统统枪毙！以消我心头之恨！"

楚伯贤咬牙切齿地骂着，他的脸涨得血一般红，眼睛里像要冒出火星来的样子。国良对于伯贤受了这样的重伤，本来还存了一些同情和怜悯的意思，所以他终于慈悲心肠地给他打针了。但万万也料不到伯贤此刻会痛恨万分地骂出这几句话来，这在国良心头仿佛受了一枚利箭直刺般的疼痛，顿时使他在打针的两手瑟瑟地发抖了，额角上的汗水也像雨点儿似的直冒，连他两颊都灰白起来了。梅邨在旁边见到了这个样子，遂忍不住开口问道：

"爸爸，您的手怎么在发抖呀？"

"我……年纪老了，不中用了，罗医生，你快来接手吧!"

国良被女儿这么一问,他的手抖得更加厉害,还有半枚止血针,简直没法再注射进去了,于是一面辩白着回答,一面向文达吩咐着。文达遂连忙走上来,接住了针管子,代他打完了这一枚止血针。

菊清见爸爸连站着都有些摇摇摆摆的神气,遂把他扶住了,望着他惨白的脸色,低低问道:

"爸爸,您怎么啦?您的面色这样难看,您的手很凉呀!"

"没有什么,我要……静静地坐一会儿,我……需要养一会儿神。"

国良颤抖着声音,轻轻地回答。这时楚伯贤又继续地大声骂道:

"我要报仇!我……要杀死这一班可恶的奴才!我要把他们一个一个地枪毙!我……恨不得把他们咬死!"

"爸爸,您不要高声地乱嚷,您静静地休养吧!明天可以给您手术哩!"

姗姗是个细心的姑娘,她听爸爸这么骂着,而齐老伯的脸色立刻惨变起来,觉得其中大有研究的必要。在她乌圆眸珠一转之下,猛可想起了齐小良的行动。这就恍然有悟地暗暗想道:莫非爸爸就是被小良暗杀的吗?

145

大概齐老伯是已经知道了，所以他听爸爸大声地说着要将重庆分子统统枪毙的话，使他急得没有心思救治爸爸了吗？假使果然如此，那……不但齐老伯左右为难，就是我也左右为难起来了。因为小良既然是我杀父的仇人，那我如何还能跟了他一同出走呢？不过姗姗的思潮是不停地起伏着，她又觉得小良的行为是正大光明的，他为了爱国，如何还能顾得了一切呢？自古以来有很多大义灭亲悲壮激烈的故事，这是多么令人感动啊！姗姗这样想着，就把心肠硬了起来，觉得爸爸就是不救而死，他也是死得应该呀！但她表面上却又放低了声音，向伯贤轻轻地安慰。

罗文达和菊清把伯贤躺着的活动病床推到病房里去，这儿楚太太和姗姗也就一同跟着过去。梅邨见爸爸呆呆地坐在椅子上出神，好像在想什么心事的样子，于是低低地问道：

"爸爸，您在想什么呀？"

"这……这……叫我怎么办呢？我……我……不是变成一个助纣为虐的帮凶了吗？我……我……如何对得住国家？我如何对得住民族？"

齐国良似乎没有听见梅邨这样地问他，管自站起身子，两眼向前直望，额角上的汗水像雨点儿一般冒上来。梅邨听了他这些没头没脑的话，心里还有些莫名其妙，遂又继续地问道：

"爸爸，您……在说些什么呀？"

"我……我……为什么要做医生？我……我……为什么要在这沦陷区里做医生？苦海慈航？良医？哈哈！我……毁了你这良医的招牌吧！"

齐国良望着壁上悬着的那块横匾，上书"良医"的字样，这是一个病家送他的镜框，他忍不住哈哈地不正常地大笑起来，随手在桌子上拿了一只茶杯，猛可向玻璃框上掷了过去。只听乒乓的一声，玻璃框打了粉碎，同时齐国良的身子也跌倒在地上了。

梅邨一见爸爸这个疯狂的神情，她心里真有说不出的骇异和害怕，一面大叫妹妹快来，一面连忙蹲身把爸爸抱起。只见国良口吐白沫，脸似死灰，竟满头大汗地昏厥过去了。

菊清等众人在病房一听诊病室内发出乒乒乓乓一阵东西打碎的声音，接着又听梅邨竭声地高叫，好像发生了什么惨事的样子。一时大家都吓了一跳，慌忙三脚两步地奔到诊病室，见国良已经人事不省了。罗医生急忙把他抱到了沙发上，一按他脉息，一听察他的胸口，觉得他是受了极度的刺激所致。上了年纪的人，似乎受不住这打击，竟变成脑充血了。因此急得手慌脚乱，连叫怎么办怎么办？菊清也急得哭出来了，说道：

"这……这……到底是怎么一回事呢？你……你……快给爸爸打针呀！"

"咦！奇怪了，亲家翁如何好好儿也会患起急病来了？啊呀！那明天谁给伯贤动手术开刀呢？罗医生，你可有本领开刀吗？"

楚太太又惊又奇的表情，说到后面，忽然想到了明天开刀没有了人，因此更急得心头乱跳，拉住了罗医生，慌慌张张地问。罗文达这时候哪里还有回答她说话的工夫，急急地先取了针药，给国良打了一枚强心针。菊清伏在爸爸的肩胛上，只会连连地哭叫着不停。但是国良却没有苏醒，胸口不住地一起一伏，从而可知他那颗心是跳得特别快速。文达一面劝住了菊清，一面叫她快去把活动病床推来，把国良也送到病房里来了。

这时楚太太一心在想着明天动手术没有人的问题，所以她跟在文达的后面，连连追问他有没有开刀的经验。罗文达皱了眉毛，有些不好意思地搓搓手，说道：

"不瞒楚老太说，我原是一个助医的资格，叫我负责开刀去钳取子弹，恐怕我没有这个把握吧！"

"那……怎么办？那……怎么办？这真是屋倒碰着

连夜雨了，若明天没有人给他动手术，他……他……不是很危险了吗?"

楚太太听了，急得双泪交流，忍不住要哭出来的样子。姗姗遂想出一个主意来，向楚太太说道:

"妈，您且不要伤心呀!我想齐老伯既然患了急病，那么把爸爸还是赶快送到别家医院里去吧!"

"姗姊姊这话说得不错，楚老伯原是从同德医院转送过来的，那么仍旧车送到同德医院去吧!"

菊清为了卸脱责任起见，遂点头表示赞成，于是楚太太母女两人吩咐阿三来帮着把老爷抱上汽车，又送伯贤到同德医院去了。梅邨虽然想伴着爸爸，但恐怕楚太太多心，以为媳妇到底是外头人，只有爸爸，而没有公公。因此也只好向妹妹叮嘱，说爸爸若好一些了，要随时用电话去告诉她，菊清点头答应，梅邨遂和楚太太陪同伯贤一同到同德医院去了。

菊清等他们走后，便拉了罗文达的手，眼泪汪汪瞟了他一眼，表示十二分猜疑的神气，低低地说道:

"文达，我觉得爸爸突然会患了这个急病，真叫人有些奇怪。莫非他老人家为了不肯救治他枪伤而又没法推却，因此一急成病的吗?"

"这也难说，因为他老人家忽然疯狂地拿了茶杯把

149

这块'良医'的镜框也打碎了，他的神经不是完全受了过分的刺激吗？"

"但是爸爸这个病不知要不要紧？万一不幸的话，那可怎么办呢？"

菊清一面忧愁地说，一面忍不住抽抽噎噎地哭泣起来。罗文达拍拍她的肩胛，低低地安慰她说道：

"菊清，你且不要哭呀！我想大概不会有什么生命危险吧！等爸爸苏醒的时候，我们看他情形怎么样再说吧！"

"这……个不知廉耻的奴才，自己做了敌人的走狗，还没有一些觉悟的意思，竟要残暴地把爱国志士一个一个地枪毙。爸爸想着哥哥，所以他老人家急昏了。"

"唉！这个恶劣的环境，我们如何能够忍耐下去呢？"

文达、菊清夫妇一面感叹着说，一面忍不住流了一会儿眼泪。这天晚上，他们都没有上楼去睡，就在病房里陪了国良一整夜。

第二天早晨九点半的时候，梅邨来了电话，菊清遂急急地去接听。只听梅邨气喘喘地说道：

"妹妹，爸爸的病体怎么样了？"

"爸爸仍旧昏迷呢！姊姊，你公公在同德医院可曾动过手术吗？"

"公公在今天清晨四点钟还没有动手术之前，他已经断气死了。"

"啊！真的吗？"

"这还有骗你的道理吗？妹妹，我此刻要到殡仪馆去了，不能来看望爸爸了，你代我向爸爸请安吧！"

梅邨在那边说着话，便把电话挂断了。菊清暗想：这个老贼死了，至少我哥哥和那一班爱国志士可以有一些安全。心里十分欢喜，遂连忙来告诉文达。文达听了，也连连称快。这时病床上的国良，也似乎听到了，低低问道：

"梅邨来电话说楚伯贤不治而死了吗？"

"是的，爸爸，您此刻好些了没有？"

菊清听爸爸能开口说话了，心里十分欢喜，遂连忙含了温情的微笑，柔声地问他。国良的脸上也浮现欣慰的笑意，微微地点点头，颤声说道：

"他死了？我……我……就是死了，也……就……很值得了。"

"爸爸，你为什么要这样说呢？你……的病会好起来的呀！"

"孩子，不要哭，不要难过，我……年纪老了，活

151

着也没有用。只要你哥哥和这一班好青年能够安安全全地活在世界上，那我心里是多么安慰呢！文达，今天病人多不多？你不要为了我，疏忽了救治世人的责任。你快些出去，给他们这一班痛苦的病家去治病吧！"

国良伸手摸着菊清的头发，向她低低地劝告。他一面抬头又向文达望了一眼，小心地叮嘱。文达自然不敢违拗，遂含泪答应，只好出了病房，到诊病室内来给病家看病了。

许多病人知道齐老医生不舒服，大家都到病房里来向他问好。国良因为没有精神说话，只向大家点点头，表示招呼的意思。

时间过得很快，一会儿又是傍晚的时候了，齐国良的病症是由于脑神经受了极度的刺激，当时昏跌倒地，变成了中风。所以此刻病势转剧，神志更为迷糊。菊清伏在床边，忍不住暗暗啜泣。文达连连地抓着头皮，一时也想不出有什么急救他的办法来。

正在这个当儿，忽然香妮领了一个青年匆匆地进来，口里还叫着少爷回来了。菊清急忙回身过去瞧望，果然是二哥小良已跨步走进房来。这就惊喜悲痛地奔上去，拉住了小良的手，哭叫着说道：

"哥哥，爸爸病得厉害哩！"

"啊！怎么好好儿的忽然病了？爸爸，您不孝的儿子回来望您了！"

小良听了这个消息，吃惊得啊了一声叫起来，一面推开菊清，一面伏在床边，拉了国良的手，却忍不住流下眼泪来了。国良睁开眼睛，想不到竟见到了儿子，他憔悴的脸上不由浮了一丝微笑，点头说道：

"小良，你没有发生什么危险吧？"

"爸爸，我很安全。我……早想来望您老人家，但……我……因为……"

"小良，你不要说下去了，我明白你的苦衷。你的同志王先生他已告诉过我，你……真是一个忠孝双全的好国民！"

"爸爸，孩儿很惭愧，这是爸爸平日的教训，所以使孩儿稍为懂得一些做人的道理。爸爸，王先生已和孩儿碰过面了，我听了他的话，我知道爸爸想念我，我……不能不来望爸爸了。谁知道爸爸竟病了，这……是怎么病的呀？"

小良十分感动而又无限痛苦地说，他望着父亲惨白的脸色，眼泪像泉水般地涌了上来。罗文达站在旁边，遂把国良不愿救治伯贤而又无法推却因此一急中风的话，向小良告诉了一遍。小良听了，益发泪如雨下，哽咽着说道：

"爸爸，您……太伟大了！"

"这……算不得什么，孩子，我假使这次能尽了医生的责任，那么楚伯贤一定得救，一定不会死。但他不死，你们就得被他严密追捕，说不定都会遭他的毒手。那么我简直不是在救人性命，我是在帮着汉奸杀害爱国志士了，你叫我怎么忍心？但是，我若袖手旁观看着他流血而死，那我……又怎么能算是一个救治世人的医生呢？因此……我……就急得糊涂起来了！现在我还能够见……到……你……的脸，我……总算……也能瞑目的了。"

国良一口气说完了这几句话，他不免有些上气不接下气的样子。小良一面流泪，一面伸手握住了文达的手，急急地说道：

"文达，你……有什么特效药？快把爸爸的病急救一下吧！"

"我……我……已给他老人家打过了针，但……竟没有效力……"

罗文达急红了脸，有些口吃的语气，难过地回答。国良摇摇头，断断续续地又说道：

"文达……救不了……我……这个病，就是别的医

154

生也不能救我这个病，我……我……是不能活下去了。但我在临死之前，还能知道我儿子的安全，我……我……是多么的安慰。"

"爸爸，您……怎么会病得那么快?"

"爸爸，您……别说这些伤心话吧!"

菊清是早已伏在国良身上哭泣起来，于是小良和文达也伏到床边去，一面哽咽着说，一面泪水扑簌簌地流下来了。国良脸上显出非常惨淡而悲痛的神色，失了精神的两眼，凄凉地望着他们，说道:

"小良，你的身子已经贡献给国家了，我也用不到为你担忧了。文达，你和菊清还是离开这肮脏的环境吧! 我今天倒希望你们还是到自由的空气中去干些有意义的事情吧!"

"爸爸，我们一定听从您老人家的话。"

罗文达含了眼泪，低低地回答。小良是不断地流着泪，菊清却抽抽噎噎地哭泣不停。国良淡淡地苦笑着又低低地说道:

"你们大家不要伤心! 来吧，孩子，在这仅有一刻宝贵的时间中，给你们的爸爸来拉拉你们的手……"

"爸爸!"

菊清很快地伸下手去，在抽噎声中还叫了一声爸爸。小良和文达也去拉他的左手，大家心头都觉得有阵说不出的悲痛。但就在这个时候，齐国良轻轻地透完了他最后的一口气，安安静静地脱离了这个黑暗混浊的世界。

黄昏是整个地笼罩了宇宙，窗外飞掠着一群归巢的林鸟，叽叽喳喳地低唱着这安息的挽歌，好像也在惋惜着这位良医的消逝哩！

第八回

桃色纠纷酿惨剧乱世风波

　　杨永福在中国旅社三百四十五号房间里团团地踱着步子，一面吸着烟卷，一面喝着鲜橘水，皱了眉毛，好像等人等得十分不耐烦的样子，自言自语恨恨地说道：

　　"奇怪，她怎么还没有到来呢？难道失约了吗？"

　　他刚说完了这两句话，忽见房门开处走进一个女子来。杨永福抬头望去，不由眉飞色舞地笑起来，立刻抢步上前，伸了两臂，把她紧紧地抱住，像外国电影里一样地竟和她亲热地吻住了。过了一会儿，才笑嘻嘻地说道：

　　"梅邨，我的好心肝好宝贝！你真把我等得急都急死了。"

　　"瞧你这人，猴急得像个什么样子呢！人家急急地赶了来，已经是赶得那么气喘吁吁了，你还不问三七二十一地抱住了乱吻，那不是把我活活地要闷死了吗？"

原来那个女子就是梅邨，梅邨为了嫁不着一个好丈夫，所以为了报复起见，她也不管什么贞操问题，预备在外面玩弄男人。她当初心中的目标，是属意于罗文达的，但文达是个洁身自爱的青年，所以那夜在新华旅社里还把梅邨痛责了一顿。梅邨受到了这样的侮辱和刺激之后，因此益发痛恨男子，她的性情大变，从此她的行为便更加放浪起来。所以在一次机会中，她和杨永福便发生关系了。

当时梅邨被他紧吻了一会儿之后，遂恨恨地把他推开了，显出薄怒娇嗔的表情，秋波恨恨地白了他一眼，嗲声嗲气地回答。杨永福这时骨头没有四两重似的耸着肩膀，一面服侍她把身上那件灰色维也纳的单大衣脱下，一面笑嘻嘻地说道：

"常言道：一日不见如隔三秋兮，何况我们已有好几天没见面了呢！亲爱的达令，我实在还要好好儿地吻吻你哩！"

"不要肉麻当有趣吧！你再伸过头来，当心我给你一个嘴巴子！"

梅邨见他挂好了大衣，回过身来，又要动手动脚油腔滑调的神气，这就把手扬了一扬，做个要打他的姿势，恨恨地说。杨永福这才缩住了脚步，却伸了伸舌头，一面又正经地说道：

"梅邨，那么我们坐下来正经地谈谈吧！"

杨永福说着，拉了她的手，两人在沙发上一同坐下。梅邨显出妩媚的样子，秋波逗了他一瞥勾人灵魂似的媚眼，说道：

"我到底也算是个客人，瞧你烟也不敬，茶也不送，鲜橘水放在桌子上难道是你自己喝的吗？"

"是，是，好奶奶！你不要生气，我一见了你到来，实在是魂灵儿也飞掉了，所以如何还想得到这么许多呢？"

杨永福在日本人面前答应惯了是是的态度，在梅邨面前也装了出来。他一面摸出烟盒子来，亲自拿了一支烟卷送到她的口里，并拿打火机给燃着了火，一面站起身子，走到房门口旁边去。梅邨奇怪地问道：

"你做什么去？"

"我吩咐茶房再拿瓶鲜橘水来给你喝。"

"不用了，你给我倒杯清茶吧！"

"梅邨，我这喝剩的半杯鲜橘水，你若不嫌脏，你就喝下了好吗？"

杨永福走到桌边，把那半杯鲜橘水送到梅邨面前，笑嘻嘻地说。梅邨听了，伸手接来，就一饮而尽，浪漫地笑道：

"你的脏东西我也不嫌脏哩！那何况是喝剩的鲜橘水哩！"

"哈哈，我的好宝贝！你这才不愧是我小杨的知心人哩！"

梅邨这句话说得小杨真是窝心极了，忍不住哈哈地一阵大笑，立刻坐到她的身旁去，在她脸上喷喷地又吻了一个香，接着浮滑地问道：

"梅邨，这几天你和那只硬壳虫可曾同房过吗？"

"小鬼，你也问得出的，老实说，我和他根本是个挂名夫妻而已。因为离婚不大好听，所以大家不愿先开口罢了。况且最近一星期来，公公被人暗杀，爸爸又中风死了，天天忙着奔丧，哪里还有心思去想到这个事情呢？今天是公公头七，本来我也抽不出空来的，因为舍不得使你失望，所以就不管一切地来望你了。"

梅邨后面这两句话说得嗲劲十足，小杨听了，心里不住地荡漾，紧紧地握住她的手，满面堆笑地说道：

"所以啦，我心中也特别地爱你，一天没有见你，总觉得十分不舒服似的。比方说此刻和你在一起，我全身骨头都感到有些痒丝丝的快乐呢!"

"哼!你不用灌这些迷汤吧!假使你心眼儿上真的只爱我一个人,那你也不会叫我到姗姑娘面前做说客了!"

小杨见她冷笑了一声,秋波恨恨地白了自己一眼,这些话中显然大有醋意的成分。这就偎了她的身子,故作亲热的神气,说道:

"亲爱的,你也应该原谅我的苦衷呀!因为我虽然爱你,但只好偷偷摸摸地又不能够公开地同你结婚。假使你能日日夜夜永久地伴在我身边,我如何还会去看中姗姑娘呢?现在我和你见面的时候,固然十分甜蜜,但等你一离开我的时候,我心中又是多么的寂寞呢!所以我要和姗姑娘结婚,也无非把她当作后备军而已。倘然有你伴着我,我虽然和姗姑娘结了婚,那我也情愿十天八天不回去的。梅邨,你难道还有些酸溜溜吗?"

"我也犯不着跟你吃醋,而且我也不能为了自己而叫你一辈子不结婚。所以我在姗姑娘面前,确实代你尽了很大的力量。"

"那么姗姑娘……她是不是已经答应了呢?"

小杨显出惊喜欲狂的样子,向她急急地问。梅邨伸了纤指,在他额角上恨恨地一戳,娇嗔地说道:

"她答应了，你拿什么来谢谢我呢?"

"我此刻马上地酬谢你，你心里高兴吗?"

"谁和你嬉皮笑脸的，小鬼!"

梅邨见他又来动手动脚，遂恨恨地把他打开了，娇嗔地骂着。小杨一面笑，一面将信将疑的样子，低低地又说道:

"梅邨，你不要给我吃空心汤圆，她真的答应了吗?"

"她虽然没有完全的答应，但也不像以前那么完全的拒绝了。我想明天下午，你亲自到我家去再向她当面地追求，那时我在旁边再低低地劝她，我想事情就可以成功的了。"

"亲爱的梅邨，这头婚事若成功了，我真不知如何报答你才好哩!"

"你也不必假痴假呆地讨好，只要你心里不忘记我这个女人，那就是了。"

梅邨说完了这两句话，心中似乎有些悲哀的意味，叹了一口气，脸上大有凄凉的神色。小杨连忙把她娇躯拥来，安慰她说道:

"我若忘记了你，我一定死在枪弹之下。梅邨，那你总可以相信我了。"

"哼！照你这种夺人妻子的行为，将来恐怕就有吃手枪的可能哩！"

梅郉被他抱在怀内，虽然并没有挣扎，但表面上却显出怨恨的样子，秋波白了他一眼回答。杨永福笑道：

"说我夺常明的妻子，那真是天地良心的事情。我们到底是两相情愿的，老实说，我本来还是一个童子小官人，在你身上失了童贞的呢！"

"照你说来，是我诱奸你的，明天上了法院，我还有引诱良家童男子的罪孽吗？真是放你娘的十七八代的狗臭屁！"

杨永福被她这么一骂，反而哈哈地笑起来，搂了她脖子，在她小嘴儿上又吻了一会儿，得意地说道：

"记得你们结婚的时候，介绍人还是我呢！想不到现在竟是给我自己介绍，那不是很有趣吗？"

"唉！小杨，你不要以为我是水性杨花的女子，所以背了丈夫跟别的男子去发生关系。其实，我也是为了气愤不过才这么做的。假使常明在外面不胡闹女人的话，我如何肯做出这种下流无耻的勾当来呢！"

梅郉到底是个有知识的女子，被他这么地一提，心中不免想起当初和常明结合时候的情深如海、义重如山，一时十分羞愧，而又十分沉痛，淡白了脸色，几乎要流下泪来的样子。杨永福连忙表示同情她的神气，偎着她粉脸，低低地说道：

"我知道你不是个水性杨花的女子呀！你不要难过，小楚自己作孽，放了家里如花似玉的太太不陪伴，偏偏到外面去玩别的女人，所以这也是他的报应，你根本没有对不住他！"

"所以啦，一个不忠实的丈夫，他是娶不到一个贤德的妻子的。"

杨永福听她这样说，表面上虽然附和着说这话不错，但心中却在暗暗地担忧，因为自己既然淫了别人的妻子，那么姗姗姑娘不知道将来也会跟别的男子去发生关系吗？不过他这种忧愁也只有一时之间的，五分钟之后，他早又忘记了，色眯眯地望着她笑道：

"梅邨，你今夜可以不必回去了。"

"不回去就不回去，现在公公死了，我更加不怕什么人了。"

"好！你有胆量，假使常明对你有虐待的行为，我可给你打抱不平。老实说，我只要在司令部里歪一歪嘴巴，要他一条狗命也不困难，你相信我吗？"

梅邨见他竖了大拇指，笑嘻嘻地说，说到后面，却又满脸杀气地问她，便伸手在他大腿上狠命地一拧，嗔骂他说道：

"你占了他妻子，还想要他的性命，那你也未免太狠心了！"

"夫妻到底有夫妻之情，瞧你就舍不得他了。"

"并不是舍不得他，我以为他不来管束我们的事，我们也就不必十分为难他。我挑他做只活乌龟不好吗？"

"不错，不错，给他做活的那就比做死的更有意思了，哈哈哈哈！"

杨永福点点头，一面说，一面忍不住又哈哈地笑起来。梅郏见他笑得这样得意高兴，遂恨恨地又打了他一下。但杨永福把她紧搂在怀中，在她嘴上早又甜甜蜜蜜地吻住了。

第二天上午十点敲过，永福、梅郏方才双双起身，一同离开了中国旅社，约定下午两点钟永福再到楚家来追求姗姗，于是两人方才分手各自别开。不料天下事情凑巧极了。梅郏、永福在中国旅社寻作欢乐，谁知常明、方曼静也在中国旅社幽会。当梅郏、永福在旅社门口分手的时候，常明和曼静齐巧从后面出来。所以梅郏、永福两人亲热的情形，常明是看得清清楚楚的。这是所谓"只许州官放火、不准百姓点灯"的一句话。常明认为自己玩女人那是应该的事，只不过发现妻子在玩男人的时候，他当然要大大地妒恨起来。但他还有一些忍耐功夫，当时不动声色地仍旧和曼静一块先到咖啡馆去吃点心了。

常明陪了曼静在咖啡馆吃了点心，又在馆子里吃了午饭，这才和她分手匆匆地回到家里来。他先到自己房中一看，见梅邨不在，遂又走出房来，在房门口碰见小茵，遂问道：

"少奶奶呢？"

"在小姐房中。"

小茵这么回答了一句，就管自走到楼下厨房里去了。常明于是三脚两步地走到妹妹房里，只见梅邨和妹妹坐在沙发上说着话。妹妹低了头，似乎有些怕羞的样子。遂先忍着火气，还很自然地问道：

"你们姑嫂两人在说些什么话呀？"

"我在给妹妹做媒，对方就是那个杨永福，你说他人品好吗？"

梅邨抬头见了常明，遂微微地一笑，向他低声告诉。原来他们夫妇间虽然感情冰冷，但表面上向来没有破脸争吵过，所以大家说话的时候始终还是很客气的样子。但常明一听"杨永福"三个字，不由得哼哼地冷笑起来，俏皮地说道：

"杨永福果然是个好人才，但他不配做妹妹的丈夫，倒很有资格做你的情夫哩！"

"什么？你……这话是什么意思？简直在大放其屁，莫非你有些疯了吗？"

常明这两句话听到梅邨耳里，知道事情不妙，自己的秘密一定被他发觉了，一时心头像小鹿般地乱撞，两颊由红变青，由青变白，几乎变成死灰的颜色。不过她表面上自然不肯承认有这一种放浪行为，所以猛可地站起身子，还显出万分愤怒的表情，向他恶狠狠地责骂着。姗姗对于哥哥说的，自然也无限的惊异，遂连忙埋怨常明说道：

"哥哥，你这人说话也太没有分寸了，这种事情也能够开玩笑吗？"

"哈哈！哈哈！妹妹，你以为我在说笑话吗？老实告诉你，这个贱人和杨永福已经发生关系了呢！她还要再作介绍来害妹妹的终身吗？"

常明疯狂地一阵大笑，满面显出凶巴巴的样子，一面对姗姗告诉，一面一步一步地逼上去，怒目切齿地向梅邨问道：

"你这不要脸的东西！你说，你和这个姓杨的小子昨夜在中国旅社里干些什么下流的勾当？这是我亲眼看见的事情，你还有什么话可以抵赖吗？"

"哼！捉贼捉赃，捉奸捉双，你既然亲眼看见，为什么不来捉住我们呀？就是我有这一回事，你既没有捉着我，那也是你自己错过了机会，别来给我开什么臭口！"

梅邨一听他已完全知道自己的秘密，因为事情已经到了这个地步，也只好索性显出泼辣的态度，冷笑了一声，娇怒满面地回答了这几句话。常明听她不但已大胆地承认了，还对自己这样冷讥热嘲地侮辱，心中这一气愤，真是气得撩起手来，对准梅邨的面颊，啪的一声，重重地量了一个巴掌，打得梅邨白嫩的粉脸上立刻起了五个手指印。梅邨挨了这一记耳光，羞愧之心反而消失，满腔的怒火马上升了起来。她岂肯示弱？这就一手拉住了他的领带，一手也向他身上乱打，口里还哭叫着道：

"好，好！你打，你打，你是三轮车夫的儿子！你竟敢动手打我吗？那我就和你拼了吧！"

"你这个不贞节的女人！你这个无耻的淫妇！打了你又有什么关系？你也是一个高中生，你会干这种丢脸的勾当！你还有什么脸皮做人？你赶快地去跳西湖自杀吧！"

"你知道管教妻子，但是你就不知道约束自己吗？你昨夜在什么地方荒唐？你可以玩，我就不能玩吗？我偏偏地出外去游玩，看你有什么颜色拿给我看！"

他们夫妻两人，一个抓住他的领带，一个抓住她的头发，一同对打，一同对骂，竟大做武戏起来。姗姗站在旁边，急得脸无人色的只会扑簌簌地落眼泪，急急地叫道：

"哥哥、嫂嫂，你们有话好好儿地说，千万不要动手打呀！这……被人家知道了，不是笑话吗？"

"什么笑话不笑话？我打死这个偷男人的淫妇，我情愿到法庭上去吃官司！"

"你有什么证据？你有什么证据？你这个死乌龟！"

他们两人拳来脚去的边打边骂，大家都打得衣冠不整。姗姗见他们打得略为松一些的时候，方才有机会插下手去把梅邨拉过一旁。但梅邨还不肯罢休，撞撞颠颠地要向常明撞了过去。就在这时，常明忽然在袋内摸出一支手枪来，大喝道：

"妹妹，你给我走开，她敢再放肆地大闹大吵，我就一枪结果她的性命！"

"哥哥，你……你……千万不要胡闹呀！爸爸才死了不到一星期，难道你又要闹出人命案来了吗？小茵，

169

小茵，你快到隔壁王家去把我妈叫回来吧！不要再玩什么骨牌了，家里已闹得不成样子了呢！"

姍姍一见哥哥拿出手枪来，真是又惊又急，芳心别别地乱跳。她一面向哥哥劝阻，一面奔到房门口去，向着楼下高叫小茵，急急地吩咐。梅郫见了手枪，虽然也有些害怕，但自己若就此不敢吵闹了，那岂不是太失面子了吗？况且她料定常明也无非是恐吓恐吓自己的意思，谅他也没有真的开枪的勇气，所以依然显出不怕死的样子，装作还要向他撞颠过来的神气。一面哭泣，一面连连说着你打死我好了，你打死我好了！后面还加了一句你没有这个种，你便是狗养的。

无论一件什么事情，总不能太以过分，就是说话，也是如此。在常明的本意，他原没有真要开枪打死梅郫的意思，但如今被梅郫这两句话一逼，他的理智完全被一时的情感所蒙蔽了。他认为自己若不开枪的话，那就没有面子了，因此他手指一扳，只听砰的一声，枪弹就由枪口飞出。姍姍回身去看，只听梅郫喔唷了一声，两手按了胸部，身子已跌倒下去了。姍姍心中这个着急，真是非同小可，忍不住奔了上去，把梅郫抱在怀内，见她胸口上已流了一大堆的鲜血，一时涨红了脸，哭出来说道：

"哥哥，你……真的开枪吗？你……不怕打死人抵命吗？嫂嫂，嫂嫂，你……你……啊呀！嫂嫂……气绝了！"

"啊！她……她真被我一枪打死了吗？"

常明一听妹妹说嫂嫂气绝了，一时仿佛如梦初觉般地也感到害怕起来，一面慌慌张张地说，一面走上去看仔细。果然梅邨眼皮合上，额角冰凉，已经一命呜呼了。常明这时心慌意乱，六神无主，回身向旁奔逃，刚到房门口外，忽然见扶梯下面匆匆走上一个西服青年。定睛一瞧，真是仇人见面，分外眼红，原来这青年正是杨永福，他是特地前来追求姗姗的。常明见到了永福之后，他的胆子立刻又大起来了，痛愤和怨恨也直向头顶冒上来。他咬牙切齿地不由大声骂道：

"杨永福你这个该死的小子！来得正好，我非打死你代梅邨报仇不可！"

常明一面说，一面把手中握着的手枪又向永福砰砰两枪开了过去。杨永福在走上扶梯的时候，就听到楼上有女子哭声，所以暗暗奇怪。此刻一听常明这么大骂，而且又见他握了手枪，知道事情不妙，急忙把头一低，两颗子弹就从他头顶上飞过。他慌忙退下两级扶梯，一面也早已拔枪在手，等常明追到扶梯口时，便向他砰的

171

一枪。这一颗子弹，齐巧射入常明的喉管。常明啊字还没叫出，身子已仰天跌倒。永福赶步跨上，还恐怕常明不死，在他脑门上又是一枪，还把他尸体踢了一脚，然后匆匆地奔进姗姗房中去了。

姗姗抱了梅邨尸体正在伤心地哭叫，忽然又听房外砰砰的放枪声音。她又惊又奇，急急放下梅邨，站起身子，方欲出房窥张，谁知和奔进房来的永福齐巧撞了一个满怀。永福一见姗姗，立刻把她抱住，故作惊慌的神气，急急说道：

"姗姗，怎么了？怎么了？"

"我哥哥真是鬼迷住了心，竟把嫂嫂一枪打死了呢！"

"呀！他为什么要把你嫂子打死了哪？"

杨永福一听梅邨被常明打死了，起初倒也有些肉疼，但转念一想，觉得死了也好，比较清爽一些，但表面上还故作吃惊的样子，急急地问。姗姗被他这么一问，猛可想到了兄嫂所以反目的原因，这就恨恨地把他推开，冷笑了一声，说道：

"你还假装什么糊涂？哼！我嫂嫂就是为你而死的呀！我问你，你是不是把我嫂嫂奸污了？"

"什么？你这话是打哪儿说起的呀？我和你嫂嫂根

本清清白白，她还竭力想给我们配成一对呢！这都是你哥哥太多心，所以便不幸地发生这个惨剧了。姗姗，你可千万不能相信这些无稽之谈的呀！"

杨永福暗想：反正死无对证，我何必要承认呢？于是故意显出慌张的表情，竭力地否认，表示他和梅邨非常清白的样子。姗姗因为并没有亲眼见到他和嫂嫂有苟且的行为，所以一时倒也无话可说。愕住了一会儿后，忽然又想着了刚才的枪声，于是又急急问道：

"我哥哥奔到什么地方去了？你瞧见他吗？"

"你哥哥见了我，莫名其妙地开枪打我，我为了保全自己生命起见，所以把他一枪打死了！"

"啊！你……你……打死了我哥哥？"

"那也值得大惊小怪吗？我是给你嫂嫂报了仇！"

"哥哥打死嫂嫂，自有法律会判决他，你不该杀害我的哥哥，你……难道就不怕犯法吗？"

姗姗倒竖了柳眉，怒气冲冲地向他娇喝。永福这时也板住了面孔，冷冷地一笑，阴险地说道：

"我犯什么法？我是司令部的翻译官，我有权力枪决一个杀人的凶手。你哥哥无故杀人，不是应该处死吗？告诉你，你爸爸哥哥都已死了，你们母女俩的性命也在我的手里，现在我爽爽快快问你一句话，你到底嫁

173

给我吗？"

"哼！笑话，你预备用武力来叫我屈服吗？"

姗姗见他说到后面把手里的枪向自己扬了一扬，完全有些威胁自己的样子，这就气得怒目切齿的表情，恨恨地反问他。杨永福见她十分倔强的态度，遂举枪一步一步地逼上去，狞笑着说道：

"姗姗，你不要太傻了，你嫁给我有什么不好？你竟一味地不肯答应。现在我给你三分钟考虑，你答应了，我们马上结婚。你若不答应，我把手指这么地一扳，你就和你嫂嫂一样躺在地上不会动的了。要死要活，这两条路你快些自己选吧！"

"我从来没有瞧见过一个男子向一个心爱的女人求婚是用这一种卑鄙手段的！"

常言说得好，蝼蚁尚且惜生命，那何况是一个人呢？姗姗听了他的话，回头又向地上倒着的梅郴望了一眼，可怜她那颗芳心顿时像小鹿般地乱撞起来，不由得暗暗想道：这种狼心狗肺的奴才，说得出做得到，我犯不着无缘无故牺牲在他的枪弹之下。况且哥哥嫂嫂可说都是为他而死，那我还得留着有用的身子，给他们报仇呢！姗姗这样想着，于是她想暂时逃过了这个难关再作道理，所以秋波乜斜了他一眼，故意用了俏皮的口吻，向他冷笑着说。永福听了，立刻又温颜悦色地说道：

"软求不肯，只好硬做。我并非喜欢用了手枪来要挟你，实在也是不得已啊！这个可要请你原谅才好。"

"既然你真心地爱我，那么我就答应你吧！"

"你答应嫁给我了？"

"是呀！你难道不相信吗？"

"我当然相信你，不过，我们既然已经是一对夫妻了，那我们也不必怕难为情，趁此刻四周无人，就在这儿床上先订个婚吧！"

杨永福这小子是个多么狡猾阴险的人，他见姗姗此刻越是显出妖媚娇憨的意态，心中越是不会相信，知道她无非是为暂时脱逃难关的意思，将来当然会另有变故的。所以他心生一计，笑嘻嘻地把手枪藏入袋内，却上前将姗姗一把抱住，预备实行非礼的意思。

姗姗被他这么一来，芳心里这一着急，几乎要哭了起来，遂一面竭力地挣扎，一面红了粉脸，急急地说道：

"你……你……这种行为太不像话了，我既然答应嫁给了你，那么早晚总是你的妻子了，何必如此急急的呢？被人撞见，那叫我还有脸做人吗？"

"你既然承认是我的妻子，那么迟早总有这么一天

175

的，你又何必推阻呢？你若不答应我，那你就并不是真心的爱我，无非是一种缓兵之计，你想欺我是吗？"

"你要不清不白地侮辱我，我认为你完全是在玩弄女性，那我宁死也不答应你的！"

"箭在弦上，不得不发。你不答应，我也非叫你答应不可了。姗姗，我的好心肝，好宝贝！你……你……就……"

杨永福这时的态度已经变得像头疯狗一般了，他强抱了姗姗身子，一面向床边走，一面说话都有些气喘喘的成分。姗姗哪里肯依顺他，一面乱撞乱颠，一面忍不住哭叫起来。不料正在万分危急之时，忽然房门外走进一个英气勃勃的青年来。他手里握了一支手枪，圆睁了那双炯炯的虎目，大喝道：

"好大胆的小子，竟敢这么无礼！"

"啊！小良哥，你快救我！"

杨永福一听有个男子声音这么地怒喝着，一时自然吓了一跳，慌忙放下了姗姗。姗姗回头去望，见了小良，好像遇到了救星一般地欢喜，这就忍不住高声地叫起来了。杨永福因为那男子有手枪握着，自然不敢倔强，而且自己的手枪又藏在袋内了，一时又不能伸手去取，只好把身子慢慢地退到窗口旁去。意欲动脑筋抵拒他的时候，小良先落手为强，只听砰的一声，一颗子弹早已飞进杨永福的胸部里去了。永福喔唷一声，痛极倒地。但他在跌下去的时候，还想伸手到袋内去摸手枪来还击。但小良是个受过训练的人，他的眼睛是那么尖锐，早又砰的一枪，打中他的手腕，永福刚摸着的一把枪也就连人掉落地上。小良赶步上前，蹲身提起他的衣领，啐了他一口，骂道：

"你这无耻的奴才！仗势欺侮弱小，如今也有些懊悔了吗？"

"你这不要脸的走狗！你还想和我结婚吗？"

姗姗倒也是个可人儿，她也走了上去，怒气冲冲地向他问着，显然是包含了讽刺他的意思。永福此刻心里虽然是恨得最好把他们咬上几口，但已经是力不从心了，淡然地逗了他们一瞥仇视的目光，已经是恶贯满盈地脱离人间了。

小良见他已经气绝了，遂把他尸身重重地放下，把枪藏入袋内，站起身子，望了姗姗一眼，急急地问道：

"楚小姐，我姊姊和你的哥哥是怎么死的呀？"

"唉！还不是为这个该死的奴才所害的吗？"

姗姗深长地叹了一口气，遂把刚才的事情向小良告诉了一遍。接着又红了脸，有些赧赧然的样子，低低地说道：

"小良兄，要不是你来救了我，我恐怕早已遭到这奴才的毒手了。唉！此恩此德，真不知叫我如何报答才好呢！"

"楚小姐，你别说这些报答的话，我因为你是一个爱国的好姑娘，所以我不忍你沉沦在这恶劣的环境中。我今天到来的缘故，原预备带你一块儿到内地去的。谁知道无意中竟救了你的危难，那也可说这恶贼命里该死的了。楚小姐，事不宜迟，你若愿意走的话，我们马上就走。否则，我也不能久留了。"

"小良兄，我走，我走！从今以后，你到东，我到东；你到西，我到西，我就跟你一块儿去工作吧！"

姗姗听他这样说，心里乐得什么似的，不禁扬了眉毛，万分得意地回答，立刻整理了一些细软首饰之物，跟着小良一同到自由空气的内地去了。

等到小茵把楚太太从隔壁王太太家里打断雀战拉着回来，只见家中已发生了悲惨的人命案子。一时又着急又伤心，她也不知道该如何是好，忍不住啊的一声号啕大哭起来。

图书在版编目（CIP）数据

乱世风波／冯玉奇著. —— 北京：中国文史出版社，
2024.3

（冯玉奇通俗小说）

ISBN 978 - 7 - 5205 - 4589 - 1

Ⅰ. ①乱… Ⅱ. ①冯… Ⅲ. ①长篇小说 - 中国 - 现代
Ⅳ. ①I246.5

中国国家版本馆 CIP 数据核字（2023）第 250441 号

责任编辑：蔡晓欧

出版发行：**中国文史出版社**

社　　址：北京市海淀区西八里庄路 69 号院

邮　　编：100142

电　　话：010 - 81136606　81136602　81136603（发行部）

传　　真：010 - 81136655

印　　装：廊坊市海涛印刷有限公司

经　　销：全国新华书店

开　　本：880 × 1230　1/32

印　　张：5.75　　　字数：90 千字

版　　次：2024 年 3 月第 1 版

印　　次：2024 年 3 月第 1 次印刷

定　　价：43.00 元